感恩故事

温暖心灵的

Wuhan University Press
武汉大学出版社

图书在版编目(CIP)数据

温暖心灵的感恩故事/孟凡丽,袁毅编著. —武汉:武汉大学出版社,
2012.3(2023.5 重印)

(中国学生品德教育必读书:彩图版)

ISBN 978-7-307-09582-3

Ⅰ.温… Ⅱ.①孟… ②袁… Ⅲ.故事 – 作品集 – 世界 Ⅳ.I14

中国版本图书馆 CIP 数据核字(2012)第 035610 号

责任编辑:武　彪　　　　责任校对:杨春霞　　　　版式设计:文畅智悦

出版发行:**武汉大学出版社** 　(430072　武昌　珞珈山)

(电子邮箱:cbs22@whu.edu.cn 网址:www.wdp.com.cn)

印刷:三河市燕春印务有限公司

开本:710×1000　1/16　　　印张:10　　　字数:62 千字

版次:2012 年 3 月第 1 版　　　2023 年 5 月第 3 次印刷

ISBN 978-7-307-09582-3　　　定价:45.00 元

给爱读故事的同学们

亲爱的同学们：

　　故事，伴随我们走过了天真烂漫的童年。那时的故事，是安抚孩子的催眠曲，是温暖孩子心灵的一盏灯火。而此时，一篇篇充满人间至情、生命真谛的故事，则是我们认识人生的途径，解读未知的助手，伴随成长的伙伴。

　　读别人的故事，参照自己的人生，我们懂得了感恩，懂得了爱与被爱都不容易，懂得美德来自于内心，懂得了人生需要风雨，懂得智慧是在坚持和拼搏中闪光的汗水，懂得礼节自在人心，懂得为人处事的微妙，懂得了向时代精英看齐的重要……总之，在故事里、在阅读中，我们懂得了很多很多，这就是《中国学生品德教育必读书》的真谛。

　　在这套书中，我们用感恩、励志、美德、情商、智慧、自然、榜样这几个词来概括成长，是因为我们和大家一样，都在体会成长。这里的故事，也许会让你泪流满面，也许会让你捶胸顿足，也许只是一丝温暖，也许有些残酷的现实，但请相信，这就是成长中的我们必须要去体味的人生。

　　爱读故事的孩子们，让我们一起在故事里哭着、笑着、成长着……

　　愿你：健康、快乐、聪明、勇敢、坚强、乐观、善良……

编委会

2012年3月1日

目　录 //

CONTENTS

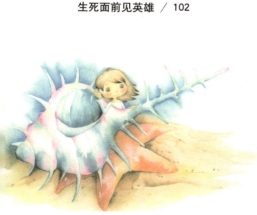

感恩父爱

藏在泥巴里的爱 ●

　　父亲的爱，就像是一座巍峨的高山，他总是将所有的感情都默默地隐藏在他那伟岸的脊背上；父亲的爱，又像是一泓水，这水从心头流过，滋养着我们的心田，让赤子的心清澈明净。父亲，你就是榜样，你就是孩子心灵的依靠。感恩父爱，就是在感恩生命的伟岸。

半边钱

文/黄邦寨

列车疾驰而去，半边钱在我手中，另一半随着父亲渐渐远去。被距离撕裂的是钱，撕不裂却是父子亲情……

大学学费每年要五千元。

"我连假钱都没有一张。"爹说。吃饭时，爹不是忘了扒饭，就是忘了咽，眼睛睁得圆鼓鼓的，仿佛老僧入定，傻愣愣地坐着。"魂掉了。"妈心疼地说。"在这边住茅草屋，去那边也住茅草屋算了！"突然，爹说，像是自言自语，又像是和妈商量，但那语气又不像是在和谁商量。

说完，扔下筷子，放下碗，径自出去。

我知道，爹准备卖掉为自己精心打造多年的寿方。在我们土家族聚居的大深山里，做寿方是和婚嫁一样重要的事情，老人们常满脸严肃地对后生小子们叮嘱："宁可生时无房，不可死时无方（棺材）。"山寨人一生最大也是最后的希望，便是有一副好寿方。

爹的寿方因为木料好，做工好，油漆好，在方圆几十里都数第一。听说爹要卖，穷的富的都争着要买。当天下午，一位穷得叮当响的本房叔叔以一千五百元的高价买走了爹的寿方——爹最后的归宿。

"不反悔？"叔叔又一次喜滋滋地问。"不反悔。"爹咬着牙说。

当我离家上学时，加上叮当作响的十来个硬币和写给别人的两三张欠条，竟有"巨款"四千五百元！另外，三亲六戚这个十元，那个二十，学费算勉强凑齐了。爹送我，一瘸一瘸的——在悬崖烧炭时摔的。

四天过后，到了千里之外的南京，报了到。于是，爹厚厚的"鞋垫"变薄了。他脱下鞋，摸出剩钱，挑没人的地方数了三遍，三百二十六元零三分，他全给了我。我蜷在床上，像只冬眠的动物。生活费还差一大截儿，大学还有四年，我没心思闲逛。八月的南京，三四十度，很"暖和"。爹和我挤在窄窄的单人床上，我不知什么时候睡着了，又好像一整夜都没睡着。当我睁开眼睛时，天已大亮，爹早已出去了。

中午爹才回来。尽管满头大汗，脸上却没有一点血色。

"给，生活费。"推推躺在床上的我，爹递给我一叠百元纸币。我困惑地看着他。"今早在街上遇到一个打工的老乡，问他借的。"爹解释，"给你六百，我留了二百块路费。我现在去买车票，下午回去。"说完，又一瘸一瘸地、笨拙地出去了。

他刚走，下铺的同学便问我："你爸有什么病吗？我清早在医院里碰见了他。"我明白了：父亲在卖血！

下午，我默默地跟在爹后面送他上车。买了车票，他身上仅剩下三十块。列车缓缓启动了。这时爹从上衣袋中摸出一张皱皱巴巴的十块钱，递给站在窗边的我。我不接。爹将眼一瞪："拿着！"

我慌忙伸手去拿。就在我刚捏着钱的一瞬间，列车长吼一声，向前疾驰而去。我只感到手头一松，钱被撕成了两半！一半在我手中，另一半随父亲渐渐远去。望着手中污渍斑斑的半截儿钱，我的泪水夺眶而出。

仅过了半个月，我便收到爹的来信，信中精心包着那半截儿钱，只一句话："粘后用。"

🟣 爱的书签 🟣

在感恩的世界里，付出爱的人从来不需要回报，而接受爱的人却无法忘记回报。当父亲为了凑学费，卖掉自己的棺材时，他所做出的决定无异乎献出自己的生命，他卖血，他为了十元钱而向孩子瞪眼，这都不算什么，—因为在他的心里，孩子的幸福，才是他这一生最值得追求的东西。

为学费发愁的生活也许离我们很远，但是当父亲用肩膀扛起整个家的重担时，除了接受父亲给我们的一切，你想没想过去回报这份父爱呢？

藏在泥巴里的爱

文/佚名

当父亲不安地将带着温暖的小手枪放在孩子手中时，孩子收获的不只是玩具，更是一份质朴的爱……

孩子出生在并不富裕的家庭，父母都是普通职工，还有弟弟和妹妹，一个个竹子拔节似的长。

所有的孩子都是喜欢玩具的。那个穷孩子看着别家的孩子手里拿着小木马，扛着冲锋枪，喜气洋洋地玩过家家时，他也想参加。小伙伴理直气壮地说，要玩可以，你当小偷，我当警察。

尽管不愿意，可是，手里没有任何可以吸引大伙的玩具，谁也不把他放在眼里。

孩子哭着回了家，第一次央求爸爸，给我买一个玩具好吗？别的孩子都有的，那种带闪光灯的，扣起扳机还带响的，我也要当警察。

爸爸抚摸着孩子的头，没有说话。

孩子的书学费还在想办法，看着老二老三，一个个没有新衣裳，都穿着老大的旧衣，而大孩子却已经知道，给他做的一件新衣裳舍不得穿，收在那里，等弟弟妹妹们长个了，给他们穿新的。孩子的裤腿上有一个显眼的小熊，是巧手的妈妈绣上的，底下是一个磨破的洞。

爸爸实在不忍心拒绝孩子的请求，可是玩具不能当饭吃呀，买一个玩具的钱，够买几斤米，填饱一家人的肚子。

爸爸最后说，这样吧，明天，当你醒来，天使会让你的愿望成真。孩子便高高兴兴地跑出去，对小伙伴们说，你们等着，我也会有枪，我也要当警察。夜里，孩子睡不着，小手一直放在枕下，想想，一睁眼就能梦想成真，孩子兴奋极了。

冬夜，雪还在下，炉子上的炭火现出微弱的光。

爸爸对年轻的妈妈说，咱们来做玩具，用泥巴。妈妈点点头。

等着孩子们睡得香甜，爸爸和妈妈悄悄拿着铁锨到河边，挖了一篮子的泥土回家，黑黝黝的泥土掺上水，在手里反复揉捏，刺骨地冷，却渐渐被捂热，捏结实，成了泥团。灯下，他们也像两个大孩子，开始捏起了小泥枪。

明天会干吗？我来用火烤，这样快些。父亲说着低身换上新煤，一阵烟徐徐冒出，呛！他们隐忍地捂着嘴，不让咳嗽声惊醒睡梦中的孩子。火钳架在炉子上，一个个捏成形的玩具被细细的炭火烘烤。爸爸看着一桌子灰溜溜的家伙，笑了。还不够，咱们给这些玩具化上妆，上点色，要亮亮的色彩，看上去像真的才好。

手枪是银灰色的，聪明的父亲用了亮晶晶的水粉银涂满了枪身，这可是一把精致小手枪。

夜深了，爸爸的手上全是泥巴，脸上的水彩还未及洗去。鸡叫三遍时，天已破晓。他心里却忐忑不安起来，不知道孩子会不会喜欢。毕竟，比起别的孩子的玩具，这显然是最最普通、最最不起眼的。

孩子醒来时，手里摸到的，是一把还散着热气的小手枪。旋即，他便明白了一切。这是一支不会发出响声，也不会发出蓝色莹光的枪，可是，却是一支温暖的枪。看着爸爸布满血丝的眼睛，孩子从此后再也没有向爸爸要过玩具。

20年后，孩子的泥塑作品已经远近闻名，他被人们称为泥人张。

● **爱的书签** ●

在泥人张的童年记忆里，父母是用一把充满爱的泥塑小手枪让他开始体会成长的，这种教育，没有严厉的督促、没有无尽的唠叨，但却触及心灵，影响一生。

相信在那个冬夜，父母的心中没有更多的希求，他们只想满足孩子一个小小的愿望。为了这个愿望，他们将自己的爱和着泥土，用自己所有的智慧和想象力，为孩子的童年生活增添一个小玩具，也为孩子抹去一丝穷苦生活带来的灰暗。但对于孩子来说，正是父母这种爱的奉献，才让他认识到了什么是爱，什么是生活。

父亲的遗产

文/长髯客

原来，无论过程是怎样的错综复杂，唯一不曾改变的，是一个父亲对孩子无限的希望。

　　母亲早逝，卢强和弟弟跟着父亲相依为命。卢强性格倔强，而弟弟则性情温和。父亲常说，卢强像他，弟弟像母亲。卢强叹气，的确，父亲脾气暴躁，而他脾气也不好。不知道从哪天起，和父亲顶牛成了他的习惯。于是，父亲蒲扇般的大手一次次落到他身上，这却让卢强越来越叛逆。而弟弟乖巧，父亲一看到他就会喜笑颜开，从没打过一巴掌。18岁，卢强在又一次和父亲激烈的争吵之后，负气离家出走，很少再与家联系。

　　一直身体健康的父亲，突然脑溢血去世了。那是在卢强离家六年之后。弟弟说，他清早还在院子里打太极拳，突然倒下去，送到医院没几个小时，就走了。接到弟弟电话，卢强风尘仆仆地回家。父亲的老朋友刘伯，帮着兄弟俩安葬了父亲。

　　办完丧事之后，刘伯将卢强和弟弟叫到身边，说："你们兄弟俩都知道，你们的爹是个老兵，活了七十多岁，这辈子吃了不少苦，却没留下多少财产。说起来，也只有这栋房子和一个木箱。临终，他让我当证人。房子留给二儿子，木箱留给卢强。"

　　卢强头也不抬："木箱我也不要了。"说罢，起身就走。父亲是何等的偏心？这房子一百多平米，又在市中心，要卖几十万的。

一个破木箱，值不了几块钱！到现在，他仍然记得自己出走前父亲扔下的话："有种就混个人样儿再回来！"他现在还没混出个人样，他不该回来！

可刘伯没等卢强走开，一只手铁钳一般揪住了他。刘伯好像努力压抑着怒气，缓缓地说："这是你父亲留给你的，你应该带走。"

卢强停住脚，冷冷一笑，伸手打开了木箱。里面是两件发黄的破烂军装，一双已经破旧不堪的鞋子。卢强看着刘伯说："这就是父亲留给我的遗产？他这会儿如果在天上看着，应该是嘲讽我吧？这就是不孝子的下场！"

没等卢强说完，刘伯突然给了他一巴掌，跳了起来。他大声喝斥道："你真的是不孝子！你爹把他这辈子最珍惜的东西留给了你，你居然还在说混账话！"

刘伯的话让卢强感到震惊。卢强没有再和刘伯顶撞，背起木箱走了。

一晃，十年过去。卢强经过自己的努力，有了自己的公司，而且分公司开到了十多个城市。

清明节，卢强回家祭父亲。兄弟俩一起来到烈士陵园，给父亲摆上酒，弟弟突然对卢强说："哥，你知道吗？父亲去世前，一直很想你的。你走到哪儿他都知道。当时，我很担心，可父亲却不让我跟你联系。父亲说，你外出闯荡，就跟他当年行军打仗一样。百炼成钢，吃得了苦才能成得了事。他还说，这一点，我远不如你。"说罢，弟弟低下了头。

卢强诧异地看着弟弟。在父亲眼里，他几乎倾尽全部爱心的小儿子，会远不如自己？弟弟苦笑。是啊，父亲的确是这么说的。表面父亲对哥哥很凶，背地里却十分欣赏。"父亲知道我性情温良，守着一套房子，有一点钱，这辈子就安安稳稳地过了。我也的确是这样，让我像你一样外出闯荡，这是根本不可能的事。"

微微叹了口气，卢强拍拍弟弟的肩，安慰他："你能知足常乐，哥倒羡慕你呢。爸不是说了，我像他，天生吃苦的命。没苦头吃，这辈子就觉得白活了。你呢，像妈，性情好。"

听了这话，弟弟一脸犹豫，欲言又止。卢强微微皱起眉，弟弟突然说："哥，你知道吗？你和我，都不是爸的儿子。"

卢强怔怔地看着弟弟，问这怎么可能？小时候，父亲曾指着全家福看，他的确长得像父亲，而弟弟眼睛很像母亲的。弟弟笑了。那不过是父亲在哄他们。父亲去世一年后他才知道，他和哥哥都是孤儿，是父亲两个去世战友的儿子。

"知道父亲为什么把那件衬衣留给你吗？"弟弟问。

卢强点头。父亲，是为了让他即使撞得头破血流也要百折不回。弟弟摇头，后面的话，他却咽了回去。哥哥的亲生父亲，曾是个战场上的逃兵，亲生母亲含羞不过，自杀身亡。父亲毅然收养了

他们的儿子。父亲之所以要把那两样东西留给哥哥，是要他像自己一样，做一个铁骨铮铮的硬汉，而不是一个逃兵！父亲对哥哥过于严苛，完全是因为爱得深切，寄予的希望太大啊！

卢强低下头，想问什么，却没有问出来。半晌，他的眼睛一酸，一股灼热的液体瞬间而下。

● 爱的书签 ●

在朱自清的《背影》中，父爱定格在爬过月台的那一瞬间。这一瞬间之所以感人，是因为它诠释了父亲隐忍却又无私的爱。主人公卢强得到的也是这样一种爱，只是爱的方式更为决绝。父亲从不解释他的爱，但却也从没放弃过这份父爱。

想想我们自己，长大后，父亲不再给我们拥抱和亲吻，但他的眼神依然专注于我们的一举一动；他的话语坚定、不容置疑，却以自己的方式为自己的孩子指引着前进方向。

毛老汉的"日记簿"

文/佚名

一本与众不同的"日记簿"，里面会记载一些什么？

毛老汉75岁生日这天，他打电话把四个儿子叫了回来。吃了生日饭，毛老汉从屋里抱出厚厚一摞钱来，往桌子上一放，说："你们想不到吧，这些年我勤扒苦做，竟然也攒下了16万块钱。人老了，这钱也用不着了，这些日子一直寻思着把钱分给你们……你们说说看，这钱怎么分？"

毛老汉的四个儿子做梦也没想到父亲竟然攒了这么多钱，一下子全都喜形于色。老大咳了一声，说："按理说这钱我们不应该拿，可现在每家都有困难不是？就说你老三吧，一把年纪了连个对象都没有，整天卖力气出苦力，比谁都忙，有几个钱也好娶个媳妇成个家啊!"

老二和老四连声说是，毛老汉说："这两年我身子骨越来越差，如果不趁现在明白时分了，哪天一撒手，这些钱说不定会让你们兄弟伤了和气。至于怎么分，我倒也想了个法子——"说着，他从怀里掏出一张纸来，四兄弟把纸条传着看了一遍，只见上面写着——老大：8430元；老二：13640元；老三：95800元；老四：42130元。

老大一看，脸都急白了。老二也很不服气，说："爸，小时候我们家里条件差，我和哥跟着您吃的苦最多，怎么我们却分得最少

啊？爸爸你老糊涂了啊？"

这时，毛老汉哆嗦着手又从怀里掏出一个本子来，老泪纵横，说："爸老了，可没糊涂，自从八年前你们娘去世后，你们知道这些年我的日子是怎么过的吗？我天天在盼你们回家，可你们这些年来回了几次家？这是我记的日记簿，你们看看吧。"

毛老汉说着打开日记簿，在四兄弟面前一页页翻过去，他翻到2月10日这一页，指着老大，说："去年的这天晚上七点，你打来了一个电话，说了两句话，一共用了30秒。"

毛老汉说着又翻了几页，指着老二，说："6月14日这天的电话是你打来的，说了三句话，用了47秒。"毛老汉接着又说："9月25日老四带着媳妇回来了，为我洗了衣服和被褥。"

只有老三在每月15日的这天都有记载，有时是带回一只烧鸡，有时是扫了院子，但几乎每一次记载都有两个字：吵架。原来毛老汉看老三一大把年纪还是光杆儿一个，就劝他娶一个乡下姑娘算了，他却不听。他没有一个稳定的工作，收入不多，还时常为毛老汉买这买那的，他没钱结婚，于是每次回来父子两人都免不了为这事拌嘴。

毛老汉说："这样的日记簿每年一本，我已记下了8本。你们每个人回家或是打电话回来的时间，我一次次都给你们累积起来，清清楚楚。现在这16万块钱，根据你们回家所花的时间按比例分配，这样才最公平！"看着眼前这些让父亲心酸的日记簿，四兄弟谁也说不出一句话来。

● 爱的书签 ●

父亲的日记本中，清晰地记着孩子们看望自己的时间，而这时间竟然精确到了分秒，这是一种怎样的无奈和孤独呢？

1999年的春晚，很多老人因为一首《常回家看看》而留下了浑浊的泪。即使当时子孙绕膝，这首歌似乎直达老人的心扉，拨动了他们心中那根孤独的弦，让他们忍不住感慨自己孤独的黄昏年代。

人们常说，最美不过夕阳红，但毕竟已到了夕阳时分。将自己看电视、追星、逛街、玩乐、应酬……的时间奉献给自己的亲人，相信多年以后你会庆幸自己是那个可以得到更多"遗产"的人。

奇迹的名字叫做父亲

文/叶倾城

奇迹，不是源自坚持，而是源自爱。

1948年，一艘横渡大西洋的船上，有一位父亲带着他的小女儿，去和在美国的妻子会合。

一天早上，父亲正在舱里为自己的小女儿削苹果，船却突然剧烈地摇晃，刀子滑落在他衣服上。父亲跌坐在地全身颤抖，嘴唇瞬间乌白。

6岁的女儿被父亲瞬间的变化吓坏了，尖叫着扑过来想要扶他，他却微笑着推开女儿的手："没事，只是摔了一跤。"然后轻轻地拾起刀子，很慢很慢地爬起来，不引人注意地，用大拇指揩去了刀锋上的血迹。

以后三天，父亲照常每晚为女儿唱摇篮曲。早晨替她系好美丽的蝴蝶结，带她去看大海的蔚蓝，仿佛一切如常。

抵达的前夜，父亲来到女儿身边，对女儿说："明天见到妈妈的时候，请告诉妈妈，我爱她。"

船到纽约港了，女儿一眼便在熙熙攘攘的人群里认出母亲，她大喊一声："妈妈……"周围忽然一片惊呼。她一回头，她的父亲已经仰面倒下，胸口的血如井喷，刹那间染红了大海与天空……

尸解的结果让所有人惊呆了：那把刀无比精确地洞穿了父亲的心脏，这位父亲却多活了三天，而且不被任何人察觉。唯一可能的解释是因为创口太小，使得被切断的心肌依原样贴在一起，维持了三天的供血。

这是医学史上不可多得的奇迹。医学会议上，有人称它为大西洋奇迹，有人建议以死者的名字命名，还有人说要叫它神迹。

"够了。"那是一位坐在首席的老医生，须发俱白，皱纹里满是人生的智慧，此刻一声大喝，然后一字一顿他说："这个奇迹的名字，叫做父亲。"

爱的书签

在这个世界上，奇迹难寻，父爱却无处不在。

文中的故事发生在我们生命中的机率也许是十万分之一、百万分之一、千万分之一，或者说是根本不可能。但我们的一生中，却有那么的时间是在享受着父爱。人不能总是在奇迹出现时才去歌颂父爱，而在平时却忽略了爱的存在。因为能够有一个人用一生不求回报地爱着你，这本身就是一个奇迹。爱你的父亲应该从现在开始，不要等到无法挽回才说你心中懂爱。

摔碎的心

文/佚名

绝症不是最大的打击，辜负了爱，才是最值得痛惜的。

16岁那年的暑假，她又一次住进了北京的一家医院，她终于从病历卡上知道了自己患的是一种几近绝症的病。

在得知真相的第四个晚上，在她准备结束自己生命的瞬间，父亲紧紧地抱住了她……那一晚，家里一片呜咽，而父亲却没有再掉泪。他只是在一片泪水的汪洋中，镇静地告诉她："我们可以承受再大的灾难，却无法接受你对生命的轻视。"

三天后，在市区那条行人如织的街路旁，父亲破衣褴褛地跪在那里，脖子上挂着一块牌子，牌子上写着："……我的女儿得了一种绝症，她的心脏随时都可能停止跳动，善良的人们，希望你们能施舍出你们的爱心，帮助我的女儿走过死亡，毕竟她还只有16岁啊……"她是在听到邻居说父亲去跪乞后找过去的。

当时，父亲的身边围着一圈的人，人们看着那牌子，窃窃议论着，有人说是骗子在骗钱，有人就吐痰到父亲身上……父亲一直垂着头，一声不吭。她分开人群，扑到父亲身上，抱住父亲，泪水又一次掉了下来……

父亲在她的哀求中不再去跪乞，他开始拼命地去做一些危险性比较高的工作，他要攒钱给女儿做心脏移植手术，因为这是延续女儿生命的唯一方法。但是即使有了钱，哪里有心可供移植呢？

　　直到有一天，她从父亲的衣兜里发现了一份人身意外伤亡保险单和他写的一封信。那是一份给有关公证部门的信件，大意是说，他自愿将心脏移植给女儿！一切法律上的问题都和其他人没有任何关系……

　　原来，他是在有意接触高危工作，是在策划着用自己的死亡换女儿的生存啊！

　　7个月后的一天，这位还不到40岁的父亲在一处建筑工地抬玉石板 的时候，和他的另一个工友双双从5楼坠下。女儿赶到医院的时候，父亲已经没有了呼吸。听送他到医院的一些工友们讲，父亲坠下后，双手紧紧捂在胸口前……女儿知道，父亲在灾难和死亡突至的刹那，还惦挂着她，还在保护着他的心脏。因为，那是一颗他渴望移植给女儿的心脏！

　　但父亲的心脏最终还是没有能够移植给女儿，因为那颗心脏在坠楼后被摔碎了。

● **爱的书签** ●

　　对于孩子来说，患上绝症是一种不幸；而对于父亲来说，孩子患上绝症不仅仅是不幸，还有锥心刺骨的痛。为了孩子，父亲可以不要青春、不要健康、不要被尊重，因为这些都远不及一个健康的孩子重要。真正让父亲痛苦的，是孩子的痛苦；真正让父亲绝望的，是孩子的放弃。因此，无论遇到什么样的困难，都不要放弃。因为我们的父亲，在生命的最后一刻也在为我们而坚持。

一耳光

文/佚名

父亲打在自己脸上的那一耳光，痛的不只是脸，更痛的，是心……

　　读高中的时候，有一年校园翻建校舍。下课后趴在教室的走廊上观看工人们忙碌地盖房子，成为我在枯燥的校园生活中最开心的事。班上的同学渐渐注意到，工程队里有一位满身泥浆的工匠常常来到教室外面，趴在窗台上盯着前排座位上的一个女孩子。还有人发现，他还悄悄地给她手里塞过热气腾腾的包子。

　　这个发现把全班轰动了，大家纷纷询问那个女孩子，工匠是她家什么人？女孩红着脸说，那是她家的一个老街坊。她继而恼怒地埋怨道"这个人实在讨嫌"，声称将让她的已经参加工作的哥哥来教训他。大家觉得这个事情很严重，很快报告了老师，但从老师那里得到的消息更令人吃惊，那位浑身泥浆的男人是她的父亲。

继而，又有同学打听到，她的父亲很晚才有了她这个女儿，这次随工程队到学校来盖房子，不知有多高兴。每天上班来单位发两个肉包子做早餐，他自己舍不得吃，天冷担心包子凉了，总是揣在怀里偷偷地塞给她。为了多看一眼女儿上课时的情景，常常从脚手架上溜下来躲在窗口张望，没少挨领导的训。但她却担心同学们知道父亲是个建筑工太掉份。

工期依然进行着。有一天，同学们正在走廊上玩耍，工匠突然跑过来大声地喊着他女儿的名字，这个女同学的脸色骤然变得铁青，转身就跑。工匠在后面追，她停下来冲着他直跺脚："你给我滚！"工匠仿佛遭到雷击似地呆在了原地，两行泪从他水泥般青灰的脸上滑下来，稍顷，他扬起了手，我们以为接下来将会有一个响亮的耳光在女孩的脸上响起。但是，响亮的声音却发自父亲的脸上，他用手猛地扇向了自己。老师恰恰从走廊上经过，也被这一幕骇住了，当她扶住这位已经跟跟跄跄的工匠时，工匠哭道："我在大伙面前丢人了，我丢人是因为生出这样的女儿！"

那天女孩没有上课，跟她父亲回家了，从此这对父女就消失在校园里。

● 爱的书签 ●

父亲是坚强的，他用他最厚实的脊梁为儿女们挡住了疾风骤雨，可是父亲也是脆弱的，他禁不起儿女对自己的伤害。儿女对父亲的伤害对一个男人来说往往是最沉重的，最彻底的，它可以让人们眼中一个大山般坚强的男人轰然倒地。只有儿女的爱和尊重，才能让一个被视为草芥的父亲像山一般挺立。

这是我的父亲

文/范春歌

每一位父亲，都是应该自豪的，即使被保安拎起来，也不会失去作为父亲的骄傲。

新生入学，某大学校园的报到处挤满了在亲朋好友簇拥下来报到的新同学，学校的保安警惕地巡视着，不敢有半点闪失。

这时，一个粗糙的手里拎着一只发黑的蛇皮袋、衣衫褴褛的中年男人出现在保安的视野中，那人在人群里钻出钻进，神色十分可疑。正当他盯着满地的空饮料瓶出神的时候，保安一个箭步冲上去，揪住了他的衣领，已经磨破的衣领差点给揪了下来。

"你没见今天是什么日子吗？要捡破烂也该改日再来，不要破坏了我们大学的形象！"

那个被揪住的男人其实很胆小，他第一次到宜昌市来，更是第一次走进大学的校门。当威严的保安揪住他的时候，与其说害怕不如说是窘迫，因为当着这么多学生和家长的面，他一时竟说不出话来。这时，从人缝里冲出一个女孩子，她紧紧挽住那个男子黑瘦的胳膊，大声说："他是我的父亲，从乡下送我来报到的！"

　　保安的手松了，脸上露出惊愕：一个衣著打扮与拾荒人无异的农民竟培养出一个大学生！不错，这位农民来自湖北的偏僻山区，他的女儿是他们村有史以来走出的第一位大学生。他本人是个文盲，十多年前曾跟人远远地到广州打工。因为不识字，看不懂劳务合同，一年下来只得到老板说欠他八百元工钱的一句话。没有钱买车票，只得从广州徒步走回湖北鄂西山区的家，走了整整两个月！在路上，伤心的他暗暗发誓，一定要让三个儿女都读书，还要上大学。

　　她终于实现了父亲的也是她的愿望，考上了大学。父亲卖掉了家里的五只山羊，又向亲朋好友借贷，总算凑齐了一半学费。父亲坚持要送女儿到大学报到，一是替女儿向学校说说情，缓交欠下的另一半，二是要亲眼看看大学的校园。临行时，他竟找不出一只能装行李的提包，只好从墙角拿起常用的那只化肥袋。

　　他绝对想不到会在这个心目中最庄严的场合被人像抓小鸡似地拎起来。当女儿骄傲地叫他父亲，接过他的化肥袋亲昵地挽着他的

胳膊在人群中穿行的时候，他的头高高地昂起来，那是一个父亲的骄傲。

　　短短的故事，没有过多地描绘贫困的父亲是经历怎样的艰辛才将自己的女儿送入大学的校园。但我们完全可以通过自己对生活的认知而想象，想象这是一位何等伟大的父亲，但就是这样伟大的人，却被保安拦在了校园之外。在这样的父亲面前，一切都是卑微的。好在，我们看到了一个乐观的女儿。在女儿挽起父亲黑瘦的胳膊那个瞬间，保安的惊讶、父亲的自豪是显而易见的、也是理所应当的。那作为女儿呢，她会是怎样的感受呢？我相信，她也是骄傲的，因为她的父亲是这个世界上最伟大的父亲。

一滴掉了22年的眼泪

文/佚名

一滴眼泪为什么会掉了这么长的时间？

我6岁那年，为供我上学，在上海打工挣钱不多的父亲，独自一人去山西大同下煤窑当矿工。结果，刚下火车就被骗进了一个黑砖窑。

那黑砖窑三面环山，唯一的出口处，拴了两条大狼狗，还有工头看着。直到半年后，黑砖窑被人举报，父亲在当地警方的资助下才回到了家。

失踪的父亲回来了，我和母亲非常高兴。母亲给父亲炒了几个菜，还让我去小卖铺里打了几两散装白酒。"爸爸被骗了，白给人家干半年活，连给你买糖果的钱都没挣到！"父亲喝酒时越说越难过，眼泪在眼眶里打转，我知道父亲要流泪了，赶紧说："爸爸，我不吃糖果，只要每天能看到你，我就非常高兴！"父亲拍了拍我的脑袋，一仰脖子，喝了一盅酒，然后眼泪就憋回去了。

为了能让我接受更好的教育，在一个远房亲戚的帮助下，父亲把我送进了县城的一所学校，他自己到县城的医药市场找了一份拉板车的活。那天，我去医药市场找爸爸，看到他正跟一个胖老板讨价还价。他出价6元钱拉20件药，那胖老板嫌贵，旁边另一个拉板车的人连忙上前说4元钱就给拉，胖老板点头同意了。爸爸这下急了，连忙拉住胖老板。纠缠过程中，他被胖老板推倒在地上，鼻子碰到了旁边一辆板车的车把上。

父亲爬了起来，只是尴尬地笑了笑，他甚至都没注意到自己的鼻子流血了。别人告诉他，他才从衣袋里掏出一块报纸，圈了个小筒，塞进鼻子里，然后若无其事地向另一个顾客迎去。我忍了又忍，才没有跑过去。我想，父亲一定不愿意让我看到他现在这样。

我读高中的时候，父亲又租了一个露天摊位卖菜。父亲每天凌晨3点钟起床去批发市场进菜，晚上又是收摊最晚的哪一个。有一次，遇上下雪天，父亲在骑三轮车回家的路上，把腿摔伤了。躺在床上，父亲听着窗外呼啸的北风，表情很是忧伤，眼睛里渐渐漫出了泪水。不过，父亲很适时地给自己倒了一盅白酒，一饮而尽。

后来，我在上海读完了大学，并成了家。我把父母接到了上海，父亲兴奋地在这三室一厅的新房内里里外外地看了好几圈。那天中午吃饭的时候，我给父亲倒了一杯酒。父亲喝完了这杯酒，感叹道："闺女真是争气，你老爸没有白吃苦，总算把你供养出息了！"说完，眼泪就掉了下来……

我计算了一下，在我的成长中，父亲的眼泪从流出到最后落下，中间整整花费了22年。

● **爱的书签** ● ···

为了供孩子上学，父亲可以下煤窑当矿工，可以为了拉板车而摔得鼻子流血，甚至起早摊黑地卖菜挣钱，以致在下雪天把摔伤了腿，这就是沉默的父爱。直到女儿成家立业了，把父母接过去住，父亲才如释重负般地掉出了眼泪，这滴眼泪一直在眼睛里打转，在父亲的眼里足足转了22年才掉下来。

活动室

　　歌词中写到：父亲是儿那登天的梯，父亲是那拉车的牛。在我们的一生中，父亲不但养育我们，更是为我们顶起一片天空的擎天大柱。那么，平时你都是怎么感谢你的父亲的呢？是在他进门时，送上拖鞋，端上一杯热茶？还是为父亲累的时候捶捶背？还是……把你所做的写出来吧，看看是不是有其他同学也像你这样做了呢？

感恩母爱

樱桃树下的母亲

人们将世间所有美好的语言都送给了伟大的母亲，但母爱的伟大似乎是用语言无法描绘的。母爱，就是雨中那把红伞，就是病床前那碗浓汤，就是出门时的一声叮咛，就是成长路上搀扶我们的手。感恩母爱，就是在感谢世间最无私伟大的爱。

地震中的母亲

文/佚名

在生命的最后一刻，母亲留给孩子的，是生存的空间，也是人类能够表达的最极限的爱。

2008年的5月，酝酿了太多可歌可泣的故事。

当我们沉浸在地震带来恐惧和哀伤的时候，朋友发给我一个关于母亲的故事。这个故事让我的心久久不能平静。女人固然是脆弱的，但是母亲却是坚强的。在生死相隔的一线之间，一位脆弱的母亲最后选择了后者，孩子在母亲的保护下活下来了，而这位感动天地的伟大母亲却踏上了不归路。

这个故事就发生在四川地震现场。抢救人员发现她的时候，她已经死了，是被垮塌下来的房子压死的，透过那一堆废墟的间隙可以看到她死亡的姿势，双膝跪着，整个上身向前匍匐着，双手扶着地支撑着身体，有些象古人行跪拜礼，只是身体被压得变形了，看上去有些诡异。

救援人员从废墟的空隙伸手进去确认了她已经死亡，又冲着废墟喊了几声，用撬棍在砖头上敲了几下，里面没有任何回应。当人群走向下一个建筑物的时候，救援队长忽然往回跑，边跑边喊"快过来"。他又来到她的尸体前，费力地把手伸进女人的身子底下摸索，他摸了几下高声喊："有个孩子，还活着。"

经过一番努力，人们小心地把挡着她的废墟清理开，在她的身

体下面躺着她的孩子，包在一个红色带黄花的小被子里，大概有3、4个月大，因为母亲身体庇护着，他毫发未伤，抱出来的时候，他还安静的睡着，他熟睡的脸让所有在场的人感到很温暖。

随行的医生过来解开被子准备做些检查，发现有一部手机塞在被子里，医生下意识的看了下手机屏幕，发现屏幕上是一条已经写好的短信"亲爱的宝贝，如果你能活着，一定要记住我爱你"，看惯了生离死别的医生却在这一刻号啕大哭。

看完整个故事，刹那间泪水将我双眼淹没。我记起在英国民间流传的一句话：没有无私的，自我牺牲的母爱的帮助，孩子的心灵将是一片荒漠。地震中的母亲，您好好安息吧!您的孩子因为您的付出将会变得更坚强!

● **爱的书签** ●

我们很难想象，在天塌地陷的那个瞬间，这位母亲是以怎样的毅力在保护着自己的孩子；在死亡之神召唤这位伟大的母亲时，她又是如何留恋着怀里的宝贝。可以说，这位母亲，用自己全部的能量和爱，在极其短暂的瞬间诠释了什么是母爱。

母爱无敌

文/佚名

黑暗的世界里，只有母爱在发着光，散发着巨大的能量。

张丽萍加完班回到家，发现家里黑着灯。她稍微愣了一下，才记起来，丈夫带女儿去医院看门诊了。想起女儿，张丽萍的心一阵抽搐。女儿只有18岁，却不幸染上了眼疾，眼球慢慢萎缩，最后的结局是完全失明，唯一的希望是眼球移植。

张丽萍掏出钥匙打开门，拉开灯，被眼前的景象惊呆了：家里所有的橱门都敞开着，显然是被人撬过了。天哪，给女儿准备的手术费！张丽萍冲进卧室，在床下的一个夹缝里摸索了一会儿，谢天谢地，银行卡还在。

"藏的好严实啊！"突然，一个彪形大汉不知从哪里闪身出来，手里握着一柄寒光闪闪的尖刀。张丽萍脸色煞白，浑身不由自主地哆嗦着："你……你……想干什么？"歹徒用尖刀逼着张丽萍："把密码告诉我！"张丽萍在那一瞬间就打定了主意。无论如何，她要把这个穷凶极恶的家伙捉住。她不容许任何人威胁她女儿。她装出一副像是被吓坏了的样子："密码我可能……记在一个小本子上了。我能不能找找看？"歹徒有点不耐烦了："快点！"

张丽萍站起身来，走向梳妆台，拉开一只小抽屉。歹徒紧张起来，把尖刀一挑，随时准备扑过来。张丽萍一直把抽屉拉出来，举给歹徒看。里面只有一些化妆用品，还有一个小本子。

张丽萍打开小本子，一页页寻找着翻看。可是卧室太暗了，张丽萍只好吃力地把小本子举到眼前，几乎贴到脸上了。"我能不能插上台灯？"张丽萍问歹徒。歹徒点点头。张丽萍心旦一阵狂喜，不动声色地把台灯的插头插到电源的插座上。只见火光一闪，啪的一声，整个屋子陷入一团漆黑。保险丝烧断了！这只没有来得及修理的短路的台灯立了大功！

"怎么回事？"歹徒被这意外的变故吓了一跳。他瞪大双眼，可是无济于事。屋外没有路灯，屋子里除了黑暗还是黑暗。"要命的话，你就别乱来！"歹徒敬告着，挥舞着尖刀。

电话铃突然嘟嘟地响起来，然后是三声急促而连贯的拨号声，接着一个甜润的女声让歹徒胆战心惊："你好，这里是110报警中心……"歹徒冲着声音响起的方向一个箭步冲过去，一手挥舞着尖刀，一手摸着找到电话，用力扯断电话线。刀子没有扎到张丽萍。歹徒倒退着想原路退到门边，却被梳妆凳绊了一下，扑通一声重重地跌到在地。当他吼叫着爬起来时，就再也找不到方向了。

"嗨！"那女人在身后叫他。他猛一转身，瞪大双眼在黑暗中搜寻，正好被扑面而来的气雾杀虫剂喷了个满眼。歹徒双眼一阵刺痛，惨叫一声，忙拼命用手去揉。

卧室的房门响了一声，他朝着响声摸过去，门是开着的。门外就是客厅，歹徒朝客厅摸过

去，却碰到了茶几。不对啊，明明记得房门就在这个方向啊。歹徒摸出打火机，嚓的一声打着火，高举起来四望。他看到了，那女人就站在不远处对他怒目而视，手里拿着暖水瓶！歹徒再想躲避，已经晚了，热水哗的一下泼向歹徒持刀的右手。歹徒手里的尖刀应声落地。黑暗中，张丽萍飞起一脚踢向尖刀，尖刀当的一声在墙上撞了一下，就不知落到什么地方了。

"大姐，银行卡我还给你，你高抬贵手放我走吧！"歹徒颤着声哀求道。"那好，你先把银行卡给我放下。往前三步走，再往左走两步，前面是电视柜，就放在那上面。"无可奈何的歹徒只好顺从，果然在那里摸到电视柜。歹徒放下银行卡，就听女人又说："现在，原路退回去。"歹徒照办，不料一脚踩进套索里。套索猛地收紧，歹徒重重地摔倒在地上。他挣扎着去解套索，却听到一声断喝："不准动！我还有一壶开水呢！乖乖躺着吧，否则把你的脑袋煮成熟鸡蛋！"

外面警笛尖厉地鸣叫着，由远而近，在附近停了下来，然后就听人声杂沓。歹徒有气无力地说瘫倒在地上，心有余悸地问张丽萍："大姐，你让我死个明白，你是不是有特异功能，会夜视？"

张丽萍冷冷一笑，回答说："你错了，我不会什么夜视。从女儿的眼病确诊那一天，我就准备把我的眼球移植给她了。那以后，我就一直训练自己在黑暗中生活，现在看来，成绩还不错。"

直到被押上警车，歹徒才痛悔地想清楚：你可以欺凌一个女人，但千万不能招惹一位母亲啊。

● 爱的书签 ●

法国有一句名言：女人固然是最脆弱的，母亲却是坚强的。没错，母亲不但是坚强的，还是智慧的。

母亲的需要

文/忆佳残魂

谁都没有想到，纽卡夫人能够重新好转起来。医生们至今还在称赞，这是个奇迹。

罗德是旧金山最成功的商人之一。他唯一苦恼的事情，就是母亲纽卡夫人不肯从淘金小镇搬到自己在旧金山的别墅来。

纽卡夫人七十多岁，头发花白。因为早年劳累过度，所以现在走路直不起身子。她穿最便宜的衣服，吃简单的面包和几片生菜叶子。陌生人谁都不相信，她的儿子是富豪罗德。这是她年轻时候养成的习惯。罗德3岁的时候，父亲因为结核病无钱医治死去。她带着罗德为了生存，不得不像个男人一样，加入到了开山挖石的队伍当中，为此，她失去了10个手指的指尖。

罗德成功后，有人说纽卡夫人终于可以享福。可是纽卡夫人很快就病了，而且很严重。医生说，纽卡夫人是因为年轻时候过度的劳累，透支了自己的生命。她的各个器官老化严重，很可能支撑不

过一年的时间。

　　就在纽卡夫人一天比一天变得虚弱，一天比一天老态横生的时候，无心生意的罗德先生生意上也出了事情，一个合伙人席卷了他的钱财和契约逃之夭夭。罗德没了存款，欠了一大笔的债务，他卖了别墅、汽车和旧金山的一切。一下子，罗德先生似乎老了10岁，以前那个意气风发的他显得苍老憔悴，嘴边总挂着一丝苦涩。

　　令人惊讶的是，就在这时纽卡夫人的病似乎被自己遗忘，她吃了一些药后，很快就重新生龙活虎起来，她在镇子上摆了个摊子，贩卖一些自己做的糕点。也许是因为味道好的缘故，总是会被镇子上的邻居，或者来镇子上办事的人，或者路过这里的人买个精光。这样一闪，就是20年。92岁的时候，纽卡夫人因为风寒去世，罗德先生伤心地给母亲办了一个盛大的葬礼。

　　镇子上所有的人都惊呆了，罗德先生的生意已经更上一层楼。而旧金山一些政要也出席了纽卡夫人的葬礼，他们都是罗德的朋友。罗德先生今年60岁，在旧金山。我和他有过一些交往。我问过罗德先生，为什么要伪装得那么落魄地回到镇子上去。他告诉我，因为他觉得母亲只有自己先有了活下去的信念和配合治疗的想法，

母亲才能活下去。

　　"让妈妈坚持活下去的理由，没有什么比儿子需要她更加有力。因为那始终是世界上所有母亲最为牵挂的事情！"

　　罗德先生纪念母亲纽卡夫人的餐馆，开遍了整个美国甚至欧洲。纽卡餐馆的甜点，为很多喜欢美食的人所称道。罗德先生比很多人更懂得什么是爱，什么是母亲的需要！

　　● **爱的书签** ●

　　母亲需要什么，很简单，就是被孩子需要着。作为子女，我们常常把孝顺理解为用自己的能力让父母吃的更好，住的更好。其实母亲需要的也许不是这些，母亲接受孩子为自己提供的更好的生活条件，也许仅仅是因为这是孩子有出息的表现，是他们值得骄傲的地方，究其根源，母亲因为孩子过得更好了，所以她心满意足了。

母亲用爱撑起的信念

文/佚名

我的"玻璃孩子"，别怕，妈妈扶着你站起来！

孩子浩天刚出生的时候，丈夫和亲朋都劝她把孩子抛弃掉。原因很简单：这个孩子得了先天脆骨病，是一个易碎的玻璃孩子。而作为母亲的张秀英却没有这样做，一直坚信着儿子终有一天会站起来。就这样丈夫不辞而别舍她而去，只留她一个女人家操持家务照顾孩子。

一日，浩天见其他的同龄孩子背着书包上学，便忍不住问妈妈："妈妈，为什么别的孩子都去上学而我却不能呢？"一句话问的张秀英揪心的疼。见儿子羡慕那些上学的孩子。张秀英决定用爱给儿子撑起一条求学的路。可是去了很多的学校都没有敢收的。因为他是一个玻璃孩，如若不小心这孩子的生命将会陨落。为此张秀英也不知奔走了多少地方，终于有一所学校给这位母亲的行动感动了，决定收留浩天，还特意为他做了一套特殊的桌椅。

从那以后，张秀英抱着儿子上学。每次下课铃声响过，其他孩子都出去玩的时候，张秀英才走进教室，把儿子从座位上抱起来，走至窗前看其他的孩子嬉戏。放学后，张秀英不得不抱着儿子走上几里的路。

浩天渐渐地长大了，而张秀英的头发也花白了许多。抱不动就用夜里打工赚来的钱买了一台旧自行车，每天推着儿子上学。每天

喘着粗气把儿子放在自行车上，还得摇摇晃晃地去锁门，几次都弄伤了手。

由于家里日子只靠低保，张秀英只得和儿子啃馒头吃咸菜。营养不良加上日益的衰老，让张秀英似乎越来越力不从心，但儿子很争气，成绩优秀名列前茅，令同学百般羡慕。一次老师问他："浩天你的理想是什么？"浩天没有迟疑地回答道："帮助妈妈做家务，一辈子照顾妈妈，就像妈妈照顾我一样！"听了浩天的回答，老师被感动的落泪。

当有人为起张秀英为什么总不肯舍弃这个孩子时，张秀应答道："他也是一个人也是一条生命，我没有理由舍弃他。"就是这样的一句回答，一直让张秀英坚信了十多年。终于有一天，天津一家骨科医院传来消息，说是浩天的脆骨病有可能治好。为此张秀英更加坚信，更加拼命，为自己的儿子将来有一天能站立起来。

● **爱的书签** ●

每个人的生活中都会有不顺利、都会有挫折。但请记住，即使所有的人都背叛我们，都抛弃我们，还有一个人是永远不会放弃我们，那就是我们的妈妈。

"头朝下"的逃生者

文/方冠晴

"头朝下"是最危险的逃生方式，但却是一位母亲认为最能保护孩子的方式，所以，她毫不犹疑地跳了下去……

这是今年冬天发生在我们小县城的一件真实的事情。

一天早晨，城西老街一幢居民楼起了火。这房子建于上世纪四十年代，砖木结构，火势蔓延得非常快，且这片老住宅区巷子太窄小，消防车和云梯车都开不进来。眼看大火一点一点地向四楼蔓延，底层用以支撑整幢楼的粗木柱被烧得"咯吱咯吱"响，只要木柱一断，整幢楼就有倾塌的危险。

没有时间去准备，消防队长只有随手抓过逃出来的一个居民披在身上的旧毛毯，摊开，让手下几个人拉着，然后大声地冲楼上喊："跳！一个一个地往下跳，往毛毯上跳！背部着地！"只有背部着地，才是最安全的，而且毛毯太旧，背部着地受力面大些，毛毯才不容易被撞破。

站在四楼护栏最前面的，是一个穿着大衣的妇女。无论队长怎么喊叫，她就是不敢跳，一直犹豫着。她不跳，就挡住了后面的人没法跳，而每耽搁一秒，危险就增大一分，楼下的人急得直跺脚，只得冲楼上喊："你不敢跳就先让别人跳，看看别人是怎么跳的。"

那妇女让开了。一个男人来到了护栏边，在众人的鼓励下，他跳了下来，动作没有队长示范的那么规范，但总算是屁股着地，落在毛毯上，毫发无伤。接着，第二个人跳下来了，动作规范了许多，安全！第三个，第四个……第八个，都跳下来了，动作一个比一个到位，都是背部着地，落在毛毯上，什么事也没有。

楼上只剩下一个人了，就是那个穿大衣的女人，可她仍在犹豫。楼下的人快急疯了，拼命地催促她。终于，她下定了决心，跨过护栏，弯下腰来，头朝下，摆了个跳水运动员跳水的姿势。

队长吓了一跳，这样跳下来还有命在？他吼了起来："背朝下！"但那女人毫不理会，头朝下，笔直地坠了下来。所有人的心都提到了嗓子眼，只见她像一发炮弹笔直地撞向毯子，由于受力面太小的缘故，毯子不堪撞击，"嗤"地一声破了，她的头穿过毯子，撞到了地面上。

"怎么这么笨啊？前面有那么多人跳了，你学也应该学会了嘛！"队长慌忙奔了过去，他看到，那女人头上鲜血淋漓，已是气息奄奄。女人的脸上却露出了苍白的一点笑意，她抚了抚自己的肚子，有气无力地说："我只有这样跳，才不会……伤到我的……孩子。"

队长这才看到，这女人，是个孕妇。

女人断断续续地说："如果我不行了，让医生取出我肚子里的……孩子，已经……九个月了……我没……伤着他，能活……"所有的人顿时肃然动容，人们这才明白，这女人为什么犹豫，为什么选择这么笨的跳下方式。她犹豫，是因为，她不知道怎样跳，才不会伤到孩子。选择头朝下的方式跳下来，对她来说，最危险，而对她肚子里的孩子来说，最安全！

把最危险的留给自己，把最安全的交给孩子，这就是天底下的母亲时刻在做或者准备做的选择。

● 爱的书签 ●

选择"头朝下"的逃生方式，其实是为自己选择了死亡，而将生的机会留给了腹中的孩子。这位母亲，为了一个在法律上还不能算作生命的孩子，毫不犹豫地奉献了自己。这就是母爱。 也许我们的一生中，永远也遇不到这样危险的事情，但细细品味，母亲很多时候在做着同样的选择，比如，她总是把剩饭自己吃，把健康留给我们；她总是让我们走在马路的里侧，把危险留给自己。

樱桃树下的母爱

文/檀小鱼

妈妈的耳朵虽然失聪了，但她一定能听得见孩子的琴声，因为这声音早已刻在她的心里……

蒂姆四岁这年，一贯花天酒地的父亲向母亲提出了离婚。母亲带着他搬到了马洛斯镇定居。

马洛斯镇尽头有一个大型的化工厂，工厂附近有许多美丽的樱桃树，蒂姆一眼就喜欢上了这里。

蒂姆在新的环境中生活得十分愉快。他喜欢拉琴，每天都拿着心爱的小提琴来到院子里的樱桃树下演奏。

不幸还是再一次降临到了这对母子身上。化工厂发生了严重的毒气泄漏事故，距离化工厂最近的蒂姆家受到了严重的影响。蒂姆时常恶心、呕吐，最可怕的是他的听力开始逐渐下降。医生遗憾地表示蒂姆的听觉神经已严重损坏，仅保有极其微弱的听力。

母亲狠下心把蒂姆送到了聋哑学校，她知道要想让儿子早日从阴影里走出来，就必须尽快接受现实。医生提醒过，由于年纪小，蒂姆的语言能力会由于听力的丧失而日渐下降，因此即使在家里，母亲也逼着蒂姆用手语和唇语跟她进行交流。在母亲的督促和带动下，蒂姆进步得很快，没多久就能跟聋哑学校的孩子们自如交流了。樱桃树下又出现了蒂姆歪着脑袋拉琴的小小身影。

看到儿子的变化，母亲很是欣慰。和以前一样，每次只要蒂姆

开始在樱桃树下拉琴，她都会端坐在一边欣赏。不同的是，演奏结束后母亲不再是用语言去赞美，取而代之的是她也日渐熟练的手语和唇语，以及甜美的微笑和热情的拥抱。

可蒂姆的听力太有限，他很想听清那些美妙的旋律，但他听到的只有嗡嗡声。蒂姆很沮丧，心情一天比一天坏。看儿子如此痛苦，母亲不禁也伤心地流下泪来。一天，母亲用手语对蒂姆"说"道："孩子，尽管你不能完全听清楚自己的琴声，但你可以用心去感觉啊！"

母亲的话深深印在了蒂姆心里，从此他更刻苦地练琴，因为他要用心去捕获最美的声音。可蒂姆发现，只要自己演奏较长的乐曲，有时明明超过了50分钟，早到了该翻面的时候，可母亲还看着自己一动不动。事后蒂姆提醒母亲，母亲忙说抱歉，笑称自己是听得太入迷了。后来，只要录音，母亲都会戴上手表提醒自己，再也没出现过任何疏漏。

樱桃树几度花开花落。在法国的一次少年乐器演奏比赛上，蒂姆以其精湛的技艺和昂扬的激情震撼了在场所有的评委，当之无愧地获得了金奖。而当人们得知他几乎失聪时，更是觉得他的成功不可思议。许多人把他称为音乐天才。更幸运的是，蒂姆的听力问题

也受到了医学界的关注，经过巴黎多位知名专家的联合会诊，他们认为蒂姆的听力神经没有完全萎缩，通过手术有恢复部分听力的可能。

手术很快实施了，术后的效果很理想，医生说再配戴上人造耳蜗，蒂姆的听觉基本上就能与常人无异了。

配戴上耳蜗的这天，蒂姆表现得特别兴奋，他用手语告诉母亲：“从现在起，我要学习用口说话，您也不必再用手语和唇语，跟我交流了。”他甚至激动地拉起了小提琴，用结结巴巴的声音说，“母亲，我能听见了，多么美的声音啊！”然后他又问道，“母亲，您最喜欢哪首曲子，我现在就拉给您听好吗？”

但奇怪的是，母亲似乎根本没有听见他的话，她依然坐在那里含笑看着他，保持着沉默。蒂姆又结结巴巴地问：“母亲，您怎么不说话啊？”这时，护士小姐走了过来，她告诉蒂姆，他的母亲早已完全失聪。蒂姆睁大了眼睛，直到这时，他才知道了真相：原来，在那次毒气泄漏事故中损坏了听觉神经的不只是他，还有他的母亲，只是为了不让蒂姆更加绝望，母亲才一直将这个痛苦的秘密隐藏到现在。母亲的绝大部分时间都是和蒂姆用手语和唇语交流，因为很少开口，如今都不怎么会说话了。蒂姆想起年少时对母亲的种种误解，不由地抱着母亲痛哭起来。

蒂姆和母亲回到了家中，初春时节，在开满粉红花瓣的樱桃树下，伴着柔柔的和风，蒂姆再次为母亲拉起了小提琴。他知道，母亲一定听得到自己的琴声，因为她是用心去感受儿子的爱和梦想。虽然他当年在母亲那儿得到的只是无声的鼓励，但这其实是一个伟大的母亲奉献给儿子的最振聋发聩的喝彩。

● **爱的书签** ●······

蒂姆在自己的苦难中挣扎时，是母亲帮助他走出泥沼，是母亲帮助蒂姆战胜了一切不可能。如果说这世界上有上帝存在，那么母亲就是我们的上帝。

镌刻在地下500米的母爱

文/佚名

一位48岁的母亲，在深井中爬行了十几年，在她生命的最后一刻，用最后的精力，刻下了母亲对孩子最后的爱语。

这位母亲叫赵平姣，今年48岁。谁能想到，在不见天日的煤井深处，她已经弓着脊梁爬行了十几年。

1993年，赵平姣的丈夫陈达初在井下作业时被矿车轧断了右手的3根手指。为了供女儿陈娟、儿子陈善铁上学，赵平姣决定自己也下井挖煤。

起初，赵平姣的艰辛并没有得到儿女的理解。第一次下井的那天傍晚，陈娟带着弟弟去矿上找父亲。突然，姐弟俩发现了母亲，那样的黑、那样的丑，被汗水打湿了的衣服紧紧贴在身上，浑身上下沾满了煤灰。陈娟立刻拉着弟弟的手往家走，生怕被母亲发现喊住他们，更怕别人发现那是他们的母亲。

从那以后，陈娟再也不愿在别人面前提起母亲了。

1997年3月的一天，一根矿木重重地砸在了赵平姣的左腿上，但是她没说什么，一直挺到下班。晚上，赵平姣悄悄地爬起来，用红花油涂抹伤口。陈娟起夜时看见了，问道："妈，你在干什么？"赵平姣吓了一跳，忙不迭地拉下裤腿。陈娟挽起母亲的裤腿，她惊呆了：母亲的左腿淤青了一大片，还渗着血；她的膝盖结着厚厚的一层硬茧，摸上去粗糙得扎手！瞬间，眼泪涌满了女儿的眼眶。

　　1998年秋，陈娟初中毕业考取了市里一所职高。从这一年起，女儿的学费和生活费一年共需要一万余元，儿子上初三的学费一年需要一千多元。赵平姣决定做最苦、最累的活——背拖拖。背拖拖是方言，是指在井头处，把煤用肩拖到几十米外的绞车旁。井头是不通风的死角，人在里面根本直不起腰，稍微运动就会气喘吁吁，它是井下最危险的地方。从此，赵平姣在井里总是蜷缩着身体爬行在井头，艰难地将100来公斤的煤拖到绞车旁。因为是计件算工资，所以这位体重仅45公斤的母亲，每次想的总是要拉更多、更多……

　　2005年秋，陈善铁以优异的成绩考上了华中农业大学，赵平姣激动不已。送儿子上火车之前，她叮嘱道："儿子，好好读书，每年的学杂费和生活费，妈会为你准备。妈知道你节俭，但你千万不要亏待自己。"

　　赵平姣舍不得让儿子在大学里因为钱受委屈，她决定坚持到儿子大学毕业再不下井。夫妻俩满怀希望地憧憬起以后的日子：老两口种种地，和儿女打打电话……

然而，就是这样简单朴素的愿望，竟被一场突如其来的厄运砸得支离破碎。2006年4月6日夜里10时，矿井深处突然传来一连串沉闷的爆炸声，大地剧烈地抖动了几下！煤矿发生了瓦斯爆炸事故。

经过7天7夜的紧急搜救，人们在井下找到了赵平姣的遗体。她似乎知道自己无法逃避死亡劫数，没有继续往上爬，只是用一只手捏着鼻子，另一只手斜搭在湿润的井壁上，那里，依稀可见她在生命绝望的最后一刻，用手指刻出来的几个字：儿子，读书……

一位母亲，在黑暗的矿井下，在孤立无援的最危急关头，以这样的方式向她的孩子和丈夫作最后的告别。在场的搜救人员被深深震撼了！

陈娟和陈善铁接到噩耗后赶回家时，母亲已经长眠地下!姐弟俩抱头痛哭！那一刻天地为之动容……

● 爱的书签 ●

母亲孕育生命，同时也支撑着生命。母亲甘愿在500米以下的深井中爬行，是为了孩子的未来；母亲在生命最后一刻刻下自己的希望，也是关乎孩子的未来。从我们生命的一开始，母亲就时刻地关心着孩子的明天。为了孩子的未来，她们可以搭上自己的现在。

挑山的母亲

文/佚名

她用一个母亲的双肩撑起了孩子平坦的路。

2011年9月初，作为中国四大道教名山之一的齐云山热闹非凡，山脚下雾霭缭绕的一所院落内更是宾朋满座、喜气冲天，在很多人的簇拥下，一位苍老的母亲正在为一双儿女去大学报到送行。依依不舍的儿女突然跪倒在母亲面前，放声大哭，一时间众乡亲也不禁泪流满面。

那位母亲名叫汪美红，是齐云山深处的一位女挑夫。

1994年3月1日，汪美红的丈夫在村口的横江里捕鱼时不幸失足跌入深潭溺亡，留下了三个幼弱的孩子和5000元的债务。家里的顶梁柱瞬间没了，汪美红觉得天也塌了，她哭得天昏地暗也于事无补，索性擦干眼泪，接受了这个严峻的现实：三个嗷嗷待哺的孩子中，3岁的老大生下来就是患有先天性白化病、眼睛全盲的残疾儿，而不满2岁的一对龙凤双胞胎才刚会走路。日子总要过下去，三个孩子总要吃饭，汪美红拒绝了娘家人劝她另嫁的想法，她发誓一定要靠自己的力量把孩子们抚养长大。

1994年10月，齐云山主体道观——玄天太素宫重建工程正式启动，大量的建筑材料需要人力挑运上山。挑50千克上山，报酬是5元，汪美红心动了。在人们诧异的眼光中，村里唯一的女高中生汪美红换上解放鞋扛起扁担，加入到了挑山工的行列。

　　通向齐云山的九里盘山道约6千米，是一条几近陡直180度不拐弯的4000多级山道台阶，平常人不负重也得弓着腰、脸贴地、气喘吁吁才能爬上去，可汪美红为了多赚4元钱，第一次就挑了90千克沙石。刚挽着裤脚爬了1千米，她就感觉眼冒金星呼吸不过来。她很想就此放弃，可一想到9元钱能给半年没沾荤腥的孩子们买好几斤猪肉，她就咬牙坚持了下来。结果，别人用了2个小时就下山了，她却足足挑了近9个小时。当卸下担子上的沙石时，她才发现肩膀已经被磨烂，双脚都是水泡，有些已渗出血来。为了孩子，就这样，她一天天坚持了下来。身上有伤，她就简单涂些草药，苦痛都强忍着，因为家里的孩子是她最大的支撑。后来，时间长了，她也慢慢掌握了一些负重上山的技巧。为了挣钱，给孩子们一个好的生活环境，她有时一天能拼命往返四趟。

白天爬山就足够让人心惊胆战的了，汪美红有时晚上还挑东西上山。只要山上有人打电话，无论何时，她都会急忙给人送上去。她怕，怕雇主稍微不称心，她就会失去工作的机会。她一个柔弱的女人挑着担子，带着手电筒，想着孩子，唱着山歌，就这样，齐云山的白天黑夜和每一道台阶都铭记了她血汗的足迹。

　　不仅在齐云山，为了给一双考上初中的儿女筹集学费，2005年夏天，黄山风景区云谷索道扩建。为了吸引挑夫上山运建材，景区承诺，每挑50千克，运费50元，另付10元伙食补助费。优厚的报酬使得汪美红和几个村民结伴乘车赶往黄山。那时候，她一天要挑两趟，能赚100多元。10天后，她拿着挣到的1500多元钱，心里美得乐开了花。但由于黄山离家远，她又惦念着孩子，最终她还是放弃了。

　　日复一日，年复一年，汪美红就这样在山道上风雨无阻地艰难攀爬了17年，在20多万千米的陡峭山路上往返近6000个来回，磨破了120多双解放鞋，用断50多根扁担。

　　她的血汗最终没有白费，三个孩子懂事孝顺，勤俭努力。一对双胞胎兄妹学习成绩一直名列前茅，很小的时候，他们就能帮妈妈照顾哥哥，并且在假期里，还分别坚持去打零工补贴家用。汪美红不指望孩子们为家挣钱，她唯一在乎的是三个孩子都能有出路有出息。于是她总是对上学的儿女说："挣钱是我的事，读好书才是你们的事。"

2011年7月，齐云山脚下的汪家传来了阵阵爽朗的笑声，苍天不负有心人，汪美红的女儿汪力利以573分的高考成绩被安徽医科大学7年本硕连读临床医学专业录取；儿子汪力胜以536分的高考成绩被安徽理工大学工程力学专业录取。更让汪美红欣慰的是，同年，年仅20岁的大儿子在上海一家盲人按摩店找到了工作，终于能够自食其力了。

"出去挑了总会有收获"，这是汪美红最常挂在嘴边的一句再朴实不过的话了，作为齐云山如今唯一的一位挑夫，并且是女挑夫，她用自己的肩挑起了儿女幸福的康庄大道。2011年9月学校开学时，由于齐云山风景区月华街南天门隧道开工，她也面临失业。儿女们都想让她跟随着去学校附近做个小买卖，可她拒绝了，她说："孩子，外面不是咱的家，咱的家在齐云山脚下，无论你们走到哪里，我都会在这里替你们守护着它。"现在，儿女都离家了，她最大的愿望就是能够在还能动的时候为儿女多攒一点钱。

这就是母亲，透过困顿与坚强，48岁的汪美红用最质朴的灵魂，诠释了对儿女无私的爱和对生活的无尽感恩。

● *爱的书签* ●

母爱，这是一个伟大的词语。每个人都拥有母爱，而且都是无微不至的。母亲像一个太阳，给我们带来温暖和光明，驱除黑暗和寒冷。

活动室

当一位闪烁着大眼睛的小男孩，颤颤巍巍地端出一盆热水，童声童气地说"妈妈，洗脚"，你的心是否也为之一颤呢？

感恩母亲，不仅是口号，更应该是在生活中去实现的真实行动。你为母亲做过什么事情呢？母亲又有什么反应呢？采访一下你的母亲，然后写一次采访感言，一定要真情实感哦！

_____

_____

_____

_____

_____

感恩亲情

不灭的灯 ●

  亲情是什么，每个人的解释肯定有所不同。但亲情一定与分担和分享有关，亲情一定与欢乐和温暖同义。

  亲情就是长辈亲人殷切的希望，就是兄弟姐妹相互的扶持，就是同辈亲友伸出的温暖的手。感悟亲情，就是感悟人间温暖。

不灭的灯

文/崔东汇

那盏用玻璃瓶自制的灯笼，照亮了夜路，也照亮了亲人的心。

一

冷清的月光又将我瘦小的身影投放到村东柳树下。幽幽鬼火徜徉在空旷的田野上，牵着我好奇混沌的目光，更有那一点可怜的希望。

一团火向我移过来，还蹒跚着一个佝偻的身影。接过姥爷手中的灯笼，边往前走，边啃着带有姥爷体温和旱烟味的玉米饼子，香甜地咀嚼着。

我总是在这夜色中期待着这灯笼从那个村移来，能给我辘辘饥肠带来一点安慰；又总是在这夜色中伴着这灯笼向那个村走去。

"你娘是累病的，拉扯你们几个不容易呀！"姥爷止步，感叹着，接过我手中的灯笼。

不管有无月光，姥爷总是提着那盏用旧玻璃瓶自制的灯笼，每天步行二里路来看病重的母亲。他每天来，坐在我母亲的一侧，默默吸一阵子旱烟，说几句宽心话。蹒跚而来又蹒跚而去，这似乎成了他晚年生活的一部分。后来我才知道，我唯一的舅舅少年早逝，不久姥娘也随之而去，我母亲又重病在身，对于上了年纪的人来说，内心该是如何孤独和痛苦啊！后来他也病倒了。

二

　　村里人捎来信儿说母亲想我，让我回家看看，我信以为真，又有某种预感，因高考在即，脑袋里除了书本，无暇顾及其他。到了村南，父亲迎面从自行车上下来，我问了一句母亲的病，父亲嘴唇颤抖了一阵，终于扭过头说："你娘想见见你，她……挺好！"我疯一样跑回去。

　　门楣上的白纸和人们奇异的表情告诉我，我不敢想的事情终于发生了。漆黑的棺材冲门而放，那无疑是母亲最后的归宿，我迫不及待地掀开棺材，母亲安详地躺在里面，嘴角微微上翘，像是带着一生的满足和遗憾静静地睡了，这时候哥哥告诉我，母亲在弥留之际还念叨着我，怕影响我考试，不让打扰我。我一下子瘫倒在地。棺材前的长明灯静静地燃着。

三

　　姥爷躺在暗洞洞的东屋里，那灯笼就放在炕桌上。他吃力地打听着我母亲的病情，我极力避开话题，拿出点心让他吃，他推脱："我不吃，给你娘拿回去吃吧！"我鼻子一酸，眼泪几乎流下来，便说我母亲吃不完。其实我母亲已去世两年多了。我不愿哄姥爷，又不得不哄，以使他在未知的企盼中渡过自己的风烛残年。临走，姥爷对我说："让你娘别惦记我，等我病好了再去看她！"我的泪无声地流了下来，幸好光线暗，姥爷没有看出来。

　　一晃十几年过去了。参加工作后，我离开了家乡，后来成了家，有了自己的儿子。每当夜晚我站在楼窗前俯瞰那点儿点点街灯，我时常想起姥爷那盏昏黄的灯笼。偶然一天，姥爷那盏灯笼牵动了我的情愫，使我把姥爷、母亲和我、儿子连结起来，才明白：原来这感情之灯人人心头都有，只是时明时暗罢了。这是因为这感情之灯，人世间才充满了情和爱；愿这灯永远闪烁在人们心头，尽管不说它时明时暗。

那盏永远不灭的灯啊。

● 爱的书签 ●

姥爷为妈妈牵肠挂肚，妈妈在生命最后惦念着我，而我想念着妈妈，又要为爱向姥爷隐瞒妈妈去世的消息。在这有些纠结的感情关系中，我们看到了亲人间真挚而浓烈的爱。

没错，姥爷那盏自制的灯笼，就是人生路上不灭的亲情之灯，照亮了每一个渴望温暖的心。

弟弟，天堂里可否有大学

文/佚名

当弟弟撕碎录取通知书的那个瞬间，他就已经决定，牺牲自己的未来，为姐姐换取美好的明天。

1994年夏天，家里同时收到了两份大学录取通知书。全村都炸开了锅，我们一家人更是高兴得手舞足蹈。可是没兴奋多久，母亲便犯愁了。两个孩子近万元的学费，对于我家来说，无疑是个天文数字。

那天，弟弟很早就起了床，他站在堂屋里说："娘，让姐姐去吧，她上了大学，将来才可以嫁个好人家。"声音不大，却足以让屋里的每个人听得流泪。

我和母亲起床后，在桌上发现了一堆纸头——是弟弟的录取通知书，已经被撕得粉碎。他帮全家人做了一个最后的决定。

送我上火车的时候，母亲和我都哭了，只有弟弟笑呵呵地说："姐，你一定要好好读书啊！"听他的话，好像他倒比我大几岁似的。

1995年，一场罕见的蝗灾席卷了故乡，粮食颗粒无收。弟弟写信给我，说要到南方去打工。

弟弟跟着别人去了广州。刚开始，工作不好找，他就去码头做苦力，帮人扛麻袋和箱包。后来在一家打火机厂找了份工作，因为是计件工资，按劳取酬，弟弟每天都要工作十几个小时甚至更长。

　　每个月，弟弟都会准时寄钱到学校，给我做生活费。后来干脆要我办了张牡丹卡，他直接把钱存到卡上去。每次从卡里提钱出来，我都会感觉到一种温暖，也对当初自己的自私心存愧疚和自责。

　　弟弟后来又去了一家机床厂，说那边工资高一点。我提醒他："听说机床厂很容易出事的，你千万要小心一些。等我念完大学参加工作了，你就去报考成人高考，然后我挣钱供你读书。"

　　大学终于顺利毕业了。我很快就在城里找了份舒适的工作。弟弟打来长途电话祝贺我，并叮嘱我要好好工作。我让弟弟辞职回家复习功课，准备参加今年的成人高考，弟弟却说我刚参加工作收入肯定不多，他想再干半年，多挣一些钱才回去。我要求弟弟立即辞职，但弟弟坚持自己的意见，最后我不得不妥协。

　　我做梦都没想到，我的这次妥协却要了弟弟的命。

弟弟出事时，我正在办公室整理文件，当我和母亲踉踉跄跄地闯进医院时，负责照顾弟弟的工友告诉我们，弟弟已经抢救无效，离开人世了。母亲当时就晕倒在地上。

清理弟弟的遗物时，在抽屉里发现了两份人身意外伤亡保险，受益人分别是母亲和我。母亲拿着保险单呼天抢地："兵娃啊，娘不要你的钱，娘要这么多钱干啥啊！娘要你回来！你回来啊……"

还有一封已经贴好邮票的信，是写给我的：姐，就快要过春节了，已经3年没有回家，真的很想念你们。现在，你终于毕业参加工作了，我也可以解甲归田了……

弟弟走了很久，我和母亲都无法从悲痛中走出来。不知道天堂有没有成人高考，但是每年，我都会给弟弟烧一些高考资料去，我想让他在天堂里上大学。

● 爱的书签 ●

当机会同时摆在姐弟面前时，无私的弟弟放弃了他一生中可能是唯一一个可以改变命运的机会。他把未来给了姐姐，将苦难的现在留给了自己。这就是手足之情。

作为家中的"独苗"，我们享受父母全部的爱，是父母唯一的宝贝，身边可能没有兄弟姐妹，但我们一样有表兄妹，堂兄妹。在这些同辈的亲人我们也可以感受到付出、友爱、宽容和奉献，这就是手足之情。

哥，我是小贝……

文/佚名

在喧闹街头，兄妹俩对视的瞬间，泪花中映射的是哥哥的无私、担当与妹妹无限的思念与感激。

一

她6岁那年的清明节，父母乘坐的客车出了车祸，父母一同遇难。6岁，她尚且不能阅读人生苦难，只是为父母的不再归来任性哭闹。14岁的哥哥董小宝、一个已经和父亲差不多高的佝偻少年，紧紧地把她箍在怀里，不哭，不闹，只是紧紧地箍着她，直到她哭累了，在他怀里睡去。

她开始像依赖父母那样依赖董小宝：上学，她要他送；放学，他一定得来接。从她知道父母真的不再回来的一刹那，她的内心就被一种恐惧填满，她害怕有一天董小宝也会离开她。那种恐惧感，让一个6岁的小女孩变得乖巧顺从。可是她怎么都没想到，尽管如此，董小宝最终还是抛弃了她。

那天是周末，一大早，董小宝破天荒地用了半个多小时耐心地给她扎了两个小辫子，给她穿上不知道什么时候为她买的白色连衣裙。然后，他带她去了公园，并坐了她眼馋了许久的那个旋转木马。他还买了她爱吃的冰糕，把零食塞满她的小背包……

那天，巨大的幸福感让她丧失了一个孩子的警惕，她欢快地在那一天忘记了父母、忘记了恐惧。吃饱了，玩累了，她趴在小宝

的背上睡熟了。可是，第二天早上醒来的时候，她躺在别人家的床上，而小宝，已经不见了。

二

养母又一次提起董小宝时，她已经11岁，读小学四年级。

那天晚上，她帮着养母缠毛线，缠着缠着，养母忽然说："这些年了，你不想小宝？那时候他那么小，怎么养活你？"她紧闭着嘴不说话，是的，她不想他。她想起来心里就是恨，恨的感觉很不好，她宁可不想。于是她说："妈，别说他。"养母叹了口气，还想说几句，但她已经放下毛线转身进了自己的小屋。

16岁，她以全校第一名的成绩考入高中，大她一岁的哥哥在读高二。

一年后，哥哥面临高考时，养父下岗了，在菜市场租了个摊位卖青菜。可惜哥的高考成绩非常不理想，没考上大学，于是哥与养父关于复读的问题开始争吵，但是养父的态度依然坚决——小贝必须上大学。她同样坚决："我不考，我决定了。"

正挣执不下，养母从厨房走出来说："小贝，你必须考，你知道吗？小宝已经给你攒够了学费，你必须上大学，别辜负了他，他不容易。"她愣住了。

三

"从你读小学四年级开始，小宝他每个月都会寄钱来，我们都给你攒下了。是爸爸妈妈没本事，这些年，让你跟着我们受委屈了……"养母再也说不下去，握着她的手，哭了。钱，寄自广州，没有具体的地址。邮戳上的邮局地址甚至也是不固定的。她下定决心：一定要到广州找到他！一年后，她考上了大学，去了那个有凤凰花的城市。可是，在偌大的广州找一个人，简直就是大海捞针。这期间，小宝依然将她的学费寄回老家。

大学毕业了，她留在了广州，找到了份推销保险的工作，为的就是利用一切机会寻找他。就在她近乎绝望的时候，她竟然在网上看到了一组新闻照片：一个窄小的书报亭前，一个瘦弱的男子用嘴叼着工具，用仅有的一只手在修理自行车……当目光落在那个男子的面部特写上时，她有瞬间的眩晕感，进而血脉偾张——那不是董小宝是谁？！没错，他的目光依然那么清澈，他眉角上的神情依然那么清晰！

当她看完整篇新闻时几乎心痛得无法呼吸了：那个她恨了十多年的董小宝，19岁时在建筑工地打工时就因机器操作失误失去了

一只手，从此辗转街头，四处流浪，想方设法谋生：捡破烂，卖报纸，发广告传单……直到三年前开了这个简易的书报亭，一边卖书报，一边修理自行车，他乐观生活的唯一动力就是妹妹……

当她出现在董小宝的报刊亭前时，董小宝正忙着给一辆自行车换胎：嘴里叼着扳手，右手将车胎定位，锁紧，然后把扳手从口中交付给右手，这一切，董小宝做得相当熟练。细密的汗珠在他粗糙的脸上小河一样流淌着，却看不出他有任何愁苦。读着他脸上的淡定，从容，甚至隐约的笑意，她仿佛穿越时光隧道回到了18年前，那个抱着她坐旋转木马的14岁少年正向她缓慢走来。

"姑娘，你……"她良久的沉默引起了董小宝的疑惑，当他将询问的目光投向她时，他愣住了：眼前亭亭玉立一袭白色连衣裙的女孩正泪流满面凝视着他！

"你……你……"此刻，他的眼前迅速幻化出一个个渐渐放大的在梦中无数次出现过的白衣少女的形象……

"哥！我是小贝……"

● 爱的书签 ●

亲人之间的相互扶携，从来都是彼此付出，彼此回报，就是在这种爱的交流中家才散发出温暖。在小贝的生命里，哥哥从来都没有离开过，哥哥用他弱小的肩膀，为小贝撑起了一片蔚蓝的天，那一声"哥！我是小贝……"唤回的一定是亲人间久违的温暖。

没有一种爱的名字叫卑微

文/佚名

> 丑陋的大舅，让我们看到了这世间的亲情，是不求被理解，也不需要
> 用语言来表达的。

　　从她记事时起，大舅就好像不是这个家的人。记得第一次看见他的时候，他刚被收容所送回了家，和街上的叫花子没有多大的区别。外婆在屋里大声地骂，他蹲在一旁小声地哭，像受伤的小动物。那么冷的天，身上只有一件破破烂烂的单衣。门口围了一群看热闹的邻居，对着他指指点点。

　　后来她知道，那是她大舅，小时候生病把脑子给烧坏了，是个傻子。大舅待她是极好的，但年纪慢慢大了，她也开始像家里的其他人一样，冷眉冷眼地对他。

　　外公去世，财产之争近乎白热化，只有大舅抱着外公的遗像嚎啕大哭。妈妈一见到外公的遗像就昏了过去。在医院里，她听见医生和爸爸的谈话，知道妈妈得了绝症。家里存折上的数字哗哗地往下掉，妈妈却一天比一天虚弱。她天天陪在妈妈身边，那幢大房子里的亲人，仅仅礼节性地来过一次。只有大舅，常常会下班后过来，一声不吭地坐在旁边陪着她们。

　　家里的财产之争还在进行。而她们这里，却等着那笔钱救命。爸爸每天四处求人，希望他们能够快点达成协议，或者先支一部分钱出来给妈妈治病。但得到的都是模棱两可的回答，谁都说做不了这个主。他们像踢皮球一样，将爸爸踢来踢去。最终，协议还是达成了。大舅是傻子，而她家急需用钱，不可避免地，他们得到了最少的一部分——那是一幢位于城郊的年久失修的房子，因为算准了他们不会再闹。那天，她听见爸爸在和大舅商量，说要将房子卖了换成钱，一人一半。家里的钱已经用得干干净净了，而医院那边却似一个无底洞。大舅傻傻地笑着，含糊地答应道："好！"

可最后大舅不由分说地将自己的那份钱塞到了爸爸怀里，嘴里含糊地说道："先，先治，治病。"爸爸哽咽着接过钱，正准备说些什么，大舅却又转身蹒跚着走了回去。她看见，常年体力劳动的大舅，身形已经有些佝偻了。

妈妈最终还是离开了。丧礼过后，现实摆在了面前。爸爸要回去工作，她的学校在这里，已经高三了，转学过去影响太大。可是原来的房子给了四舅，早已容不下她了。接连失去老伴与女儿的外婆，也终于卸下了她的强悍与精明，整日里默不作声地坐在阳台上晒太阳，漠视着从小带大的外孙女的无助。

她的心更冷了。

那天，爸爸突然对她说："要不，到你大舅家住一阵。就几个月的时间了。"她呆了一下，想到大舅，丑丑的脸，竟生出些许亲切，于是点头答应了。

那天她下了晚自习，照例到校门口买了一瓶酸奶，老板迟疑了一会儿，告诉她好像总看见一个身影跟着她，让她小心一点。她当时就吓蒙了，站在原地不知该怎么办，在这座城市里，她无依无靠。过了很久，她还是只得咬咬牙往大舅家快步走去。巷道拐角处，隐约看到一个人影。她心狂跳，拼命向前跑去，却一不小心摔在了地上。她恐惧到了极点，只觉有人跑过来抓住她的胳膊，她死劲挣扎、尖叫，突然间，却好像听见有一个熟悉的声音口齿不清地叫着她的小名。她呆住了，安静下来，眼前竟然是大舅那张丑丑的脸，上面还有被她指甲划伤的血痕。

她怔怔地站了起来，大舅结结巴巴地说："巷，巷子黑，我，我，来接你。"她突然明白了，这些天跟在自己身后的那个身影，就是大舅，难怪她每次回家都没见到他。"你为什么不在学校门口等我？"她问道。

"人，人，人多。"她心头一震，脑海里回想起多年前的一幕：她上小学，大舅来接她，她嫌他丑，使她在同学面前丢脸，于是跑得远远的。

一时间，泪水涌出了眼眶。在这样一个被亲人都视为卑微的身躯里面，满载的却是汹涌澎湃的爱。那一刻，她才意识到，大舅一直都在一个被人忽视的角落里，默默地爱着身边的每个亲人，不管他们曾怎样对待他。他傻，他丑，但这并不是他的错，而是命运的不公平，为此他丧失了被爱的权利，却还这样执著地爱着身边的每一个人。这该是多么宽大和真挚的心灵啊！

走在巷道里，大舅还是弯着腰走在后面，没有看到她脸上的泪

水密布。她在心中默默念道：大舅，你可知道，在这个世界上，没有哪种爱的名字叫卑微。

● 爱的书签 ●

大舅很丑，但他的内心却是火热的。他不懂得人情世故，却懂得为亲人哭、为亲人笑、为亲人守护。是的，亲人间也有亲疏，不拒绝爱，不吝啬爱，只有用心，你才能得到最多的温暖。

嫂子，长大后我照顾你

文/佚名

父母双亡、哥哥离世，徒留幼小的我在世上。是嫂子，毅然担起了照顾我的重担，哪怕因此献出她的青春！

我三岁那年，父母亲在一次沉船事故中不幸丧生。哥哥与我相依为命。日子虽然过得艰辛，却因了哥哥的关爱，我度过了快乐的童年。没想到，十二岁那年，一场矿难又夺走了我唯一的亲人，哥哥也撒下了我。那时候，嫂子刚刚嫁到我家。但她因为我，没有改嫁。

嫂子在一家毛巾厂上班，一个月才一百多块，有时厂里效益不好，还用积压的劣质毛巾充作工资。那时，我正念初中，每个月至少得用三四十块。嫂子从来不等我开口要钱，总是主动问我："明明，没钱用了吧？"一边说一边把钱往我衣袋里塞，"省着点花，但该花的时候不能省，正长身体，多打点饭吃。"

　　我有一个专用笔记本，上面记载着嫂子每次给我的钱，日期和数目都一清二楚。我想，等我长大挣钱了，一定要好好报答嫂子的养育之恩。

　　初中毕业，我顺利地考上了县里的重点高中，嫂子得知消息，做了丰盛的晚餐庆贺，"明明，好好读书，给嫂子争口气。"嫂子说得很轻松，我听得很沉重。

　　为了筹上学的钱，嫂子回娘家借钱，却遭到奚落。看着嫂子哭得浮肿的眼睛，我说："嫂子，我不念书了，现在文凭也不那么重要，很多工厂对学历没什么要求……"还没等我把话说完，嫂子一巴掌打了过来，"不读也得读，难道像你哥一样去挖煤呀！"嫂子朝我大声吼道。嫂子一直是个温和的人，那是我第一次见她发火。

　　那段时间，嫂子总是回来很晚，每次回来都拎着一个大编织袋去街上摆地摊。一天晚上，劳累过度的嫂子晕倒在了厨房里。但是她只住了一天院，脸色仍然苍白就她照常上班，晚上依然拎着那只编织袋去摆地摊。靠嫂子每晚几块几毛地挣，是远远不够支付学费的。嫂子向厂里哀求着预支了三个月的工资，还是差一点，她又去血站卖血。

　　嫂子亲自把我送到学校，办理了入学手续，又到宿舍给我铺床叠被，忙里忙外。她走后，有同学说："你妈对你真好！"我心里涌过一丝酸楚："那不是我妈，是我嫂子。"同学们吁嘘不已，有人窃语："这么老的嫂子？"我狠狠地瞪了他一眼。

　　发现她头上竟然有了白发时，我念高二。为了供我上学，嫂子不光在外面摆地摊，还到纸箱厂联系了糊纸盒的业务，收摊回来或者遇上雨天不能外出摆地摊，她就坐在灯下糊纸盒。糊一个纸盒四分钱，材料是纸箱厂提供的。那次回家，看见她在灯光下一丝不苟地糊着，我说，"嫂子，我来帮你糊吧！"嫂子抬起头望了我一眼，额头上的皱纹像冬天的老树皮一样，一褶一褶的。失去光泽的黑发间，赫然有几根银丝参差着，那么醒目，像几把尖刀，锋利地插在我的心上。嫂子笑了笑："不用了，你去温书吧，明年就高三了，加紧冲刺，给我争口气。"我使劲地点头，转过身，眼泪像潮水一样汹涌。嫂子，您才二十六岁啊！

　　想起嫂子刚嫁给大哥的时候，是那么年轻，光滑的脸上白里透红，一头乌黑的秀发挽起，就像电视里、挂历上的明星。我跑进屋里，趴在桌上任凭自己的眼泪扑簌簌直落。哭完，我拼命地看书、

解题，我告诉自己即使不为自己，也要为嫂子好好读书。

我以全县文科状元的成绩考入了北京一所名牌大学。大三没念完，我就被中关村的一家IT公司特招了。我将消息电告嫂子时，她激动不已，在电话那头哽咽着："这下好了，这下好了，嫂子也不用为你操心了。康英也可以安息了。"我突然迸出一句话来："嫂子，等我毕业了，回来娶你！"嫂子听完，在那边扑哧笑出了声："明明，你说什么混帐话呢！将来好好工作，争取给嫂子讨个北京弟媳。"我倔强地说："不，我要娶你。"嫂子挂断了电话。

终于毕业了，我拿着公司预付的薪水兴高采烈地回到家里时，嫂子嫁给一个四十多岁的男人。那天晚上，我没有吃饭。躺在床上一遍遍地在心里问，"嫂子，为什么，为什么不给我照顾你的机会？"

后来，因为工作繁忙，我不能时常回家，只将每个月的工资大半寄给嫂子，可每次嫂子都如数退回。她说："明明，嫂子老都老了，又不花费什么，倒是你，该攒点钱成家立业才对。"还时不时给我寄来家乡的土特产，说："明明，好好工作，早些成家立业，等嫂子老了的时候，就到你那里去住些日子，也去看看首都北京，到时可别不认得老嫂子啊！"

我的眼泪就像洪水一样泛滥开来，我的亲嫂子，弟弟怎么可能忘记您！

● 爱的书签 ●

二十六岁，很多女孩还在父母的身边做着小公主，很多女人在丈夫的呵护下享受着被宠爱的幸福。而康明的嫂子，却在二十六岁时，为了一个毫无血缘关系的弟弟，生出了白发。这种甘愿奉献青春的无私之爱，不是崇敬就可以表达敬意的，不是承诺"长大后我要照顾你"就可以报答的。可敬的嫂子，不求任何报答。

亲人，就是心中存有爱，而互相依存的人，哪怕没有血缘关系，也可以成为最亲的亲人。

"半碗饭"哥哥

文/佚名

继母带来的"喂"，吃我剩饭的"喂"，最终变为了我的"哥哥"。

14岁那年，父亲给我找了个继母。继母带来了一个男孩，比我大几个月，我叫他"喂"。

家里陡然增加了两张嘴与"喂"的学费，父亲的脸开始阴沉起来。每到吃饭时，"喂"总是低着头一粒粒地扒着碗里的饭，吃完了也不敢再去盛第二碗，因为父亲在旁边冷眼瞪着。只有等我和父亲先后离开桌子后，继母才会趁我们不注意，迅速将我剩下的那半碗饭倒进"喂"的碗里。

一天，我照例剩下半碗饭，但我却悄悄溜进厨房，舀了一勺盐倒进碗里，然后回到桌边，装作若无其事的样子放下碗筷。等我走后，继母照例将那半碗饭给了"喂"。这一幕被幸灾乐祸的我躲在一旁看得清清楚楚。不知有诈的"喂"猛扒了一大口饭，没嚼几下，他就表情痛苦地吐个不停。"哈哈哈！"我终于忍不住笑出声来。而上了当的"喂"却并不生气，只是默默起身倒了些开水在碗里，然后继续埋头吃起来。

高中时，我的数理化成绩非常差，排名落到班上的最后几名。我开始颓废起来，索性连写文章的爱好也放弃了。父亲暗自着急，却毫无办法。

就在这时，我收到了一封报社的来信。报社编辑在信中告诉我，他接到了几个学生的来信，说很喜欢我不久前发表的某篇文章，鼓励我多写多投稿。我迅速振作起来，不但又写起文章来，而且学习成绩也渐渐提高，人也开朗起来了。我再度趾高气扬，每天都与父亲高谈阔论，成心要气气数理化比我好的"喂"，不过"喂"并不在意。

一个周日，"喂"在学校打篮球。我无意中走进他的房间，发现他的书桌上散落着几个信封。我拿起来一看，都是写给报社编辑的。我再抽出信一看，是说我最近发表的那篇文章让他们深感共鸣，并向编辑打听我的通讯方式。每一封信，笔迹不同，内容也不同，落款也不同，是市里各个学校的名称和地址：一中、二中、三中、职中……

我呆呆地看着，有点糊涂。正在这时，"喂"推门而入。我举着信问他："这是谁写的？"他本能地反应："我的一些朋友。"我忽然明白过来，编辑收到的信一定全是他求朋友写的，然后自己骑着车，去学校附近的各个邮筒发信，难怪他的自行车总是爆胎。

我发疯似的对他拳打脚踢："骗子，骗子！原来我的文章没人喜欢！"他辩解道："不是的，我们班就有好多人喜欢！就是他们说要写信给编辑，我才想到这个办法的！"我停下手，泪眼模糊：

"真的?""千真万确,否则我这个只攻数理化的人怎么知道你文章的好坏?"

那天饭桌上,"喂"依然慢慢地数着碗里的饭粒,而很久都不再剩饭的我却端着故意剩下的半碗饭,平静地说:"我吃不完,哥,给你吧。"一瞬间,大家都愣住了,为我那声"哥"。沉默片刻,继母首先反应过来,接过去那半碗饭,倒在他的碗里,想笑却哽咽道:"吃吧,妹妹的剩饭本来就是哥哥吃的。"

他埋头欢快地吃起来,虽然我泪眼模糊,但还是看清了他脸上的喜悦之情。

● 爱的书签 ●

在母亲去世后,继母和"喂"便来到了这个生活原本就拮据的家,"喂"从来都不敢吃饱肚子,除非吃我剩下的半碗饭。而我总是对他心存敌意,还恶作剧地往自己吃剩下的饭里放上盐,让"喂"来吃。然而"喂"不但不仇视我,还偷偷地帮助我。我终于被"喂"的真情所感动,叫了他一声"哥哥"。这就是兄妹情。

两颗尘土也要相亲相爱

文/佚名

我们来自偶然，像两颗尘土，却努力向着对方靠近，学会了彼此珍惜，相亲相爱！

从上初一那年起，我就拒绝喊她姐，虽然她比我大两岁，可她刚上完五年级就辍学了。所以，自视比她强大的我和她说话的口气便有了颐指气使的味道。

高一时，我迷上了做饭。那天，康楠说她想吃炸肉丸，我举着一本菜谱一边研究一边实战。

谁知调好的肉馅放进油锅里没一会儿，就乒乒乓乓炸开了花。一时之间，油点和滚烫的肉丸乱飞，我想去关火，却被烫得吱哇乱叫着退回来，看着火苗上翻滚的油烟乱了方寸。慌忙中，康楠叠罗汉一样趴到了我身上，语无伦次地安慰我："晶晶别怕，有我呢！"

康楠被送进了医院，她的胳膊、后背和脖子上有20多处烫伤，而我，只是手背烫伤了。医生边为我涂药水边感叹："你姐姐真好，要不是她扑在你身上替你挡住了那些迸出来的滚油，你可就毁容了！"

我默默地点头，眼泪突然哗哗地涌了下来。这是我第二次为她哭。

第一次为她哭，是我刚上初一时的那个下午。本来是晴天，放学前竟然下起了瓢泼大雨，我没带伞。正在犹豫要不要冲进雨里时，身边突然传来一阵哄笑："看那个女的，八成是个傻瓜，竟然抱着伞站在雨里。"顺着他们的目光看过去，我立马认出了康楠，她淋着雨，抱着我常用的那柄绿伞不停地向着两个教学楼张望。我的脸腾地一下烧到了39度，飞奔过去冲着她喊："康楠，你嫌在家里丢人不够，还要跑到学校来丢人吗？"

那天，我真是懊恼到了极点，有一个弱智姐姐，毕竟不光彩。她不急不恼，把她的粉色伞和我的绿色伞用线缠在一起，喜气洋洋地抱过来给我看："晶晶，这样多好，以后给你送伞的时候，我就不会只记得拿你的绿色伞，而忘了拿上我的粉色伞了。"

她总是这样，去超市，只记得拿我爱喝的营养快线，却不记得拿她爱吃的话梅糖，就连拿雨伞，她也是把我排在第一位……

我发誓要让她好起来。她不会像医生预言的那样，因为出生时动用产钳伤了脑袋，智商永远超不过七八岁。就是从那天起，我开始学着做她的姐，喊着她的名字，逼她学着自己整理东西，洗衣服。

高中的最后一个暑假，我带着康楠在一家面包店打工。

一天，一对情侣挽着手走进店里，指着橱柜里的一种面包询问，我正想过去，却见康楠已经迎了上去。她笑着说："这是我们店里最好吃的面包，刚出炉。要不要买两个尝尝？"

那是康楠第一次成功地推销出去两个面包，拿着钱，她看着我们抿嘴笑，脸颊兴奋地染了一层玫红。我拉着她冲进旁边的超市买话梅糖，买烤鸭和鸡翅，嚷着晚上要庆祝。

一大桌子饭菜摆上，老爸老妈都有些情绪失常。康楠像怀着莫大的心事，鼓了好几次腮帮才结结巴巴地问我："晶晶，我可不可以也送给你一个礼物，不许笑我……"

她拿出我给她买的复读机，开始放一盘磁带，是感恩的心。随着优美的旋律响起，她对着我们，用手比一颗心，画一个圈，指指自己，我们，还有蓝天……

我冲她伸出一个大拇指，不知不觉已是泪涌双眼。

● **爱的书签** ●

康楠的智商虽然很低，但是她知道照顾妹妹，处处想着妹妹，经常因为想着妹妹而忘记了自己。这就是内心深处最本质的东西——善良。她总是怀着一颗感恩的心来面对身边的人和事，她的智商虽然只有七八岁，但是她的这种助人品质已远远高于和她同龄的正常人。

活动室

　　每个人来到这个世界上都不是孤独的，除了父母亲，我们还有亲戚和其他家人。我们也会得到他们很多的爱，在他们那我们也有取之不完的感动。你是怎样看待亲情的，你是怎样对待你的亲情的，记录下你的故事，不必惊天动地，只要真诚实在。

_____

_____

_____

感恩朋友

梦里有你 ●

　　面对一道解不开的数学题，我们习惯于请教同学；心中的青春秘密，我们习惯于向朋友倾诉；生命中遇到坎坷，我们会不自觉地拨通朋友的电话……人在最困难的时候，往往会不自觉地求助于挚友。感恩朋友，就是感恩这世间心灵相扶携的力量。

换心

文/琳琅

一个是公司总裁，一个是普通门卫，门卫要把自己健康的心脏换给总裁，这是一场金钱交易还是一次友情的诠释？

故事开始于5年前，那时波比是一个流浪汉。在一个星期三的晚上，电脑公司总裁米先生经过他身边，给了他5块钱。以后每个星期三，米先生都会在这个时间里给他5块钱。从那时起他们成为了朋友。

后来，米先生介绍波比进了自己的公司做门卫。每个星期三，他们仍会相聚，共进一顿午餐，整整5年。直到一个月前米先生因为心脏病而失约，波比才知道他的老朋友有一颗岌岌可危的心脏，随时都会停跳，即使给予最好的医药治疗，也最多可维持两三年。于是，他提出来要与朋友交换心脏。但遭到医生拒绝。于是他把医生告到了法庭。他向法庭陈述了自己的理由：他的价值远大于我。

律师问："如果你是总裁而他是门卫，你还会愿意跟他交换心脏吗？"

"不，如果我是总裁，未必会带他在寒天喝热汤。"波比回答

然而没有人愿意相信这友谊是真实的，恰恰是因为他们的身份太不对等。律师认为有理由质疑米先生最初与一个流浪汉的循序渐进的友谊到底意义何在。

米先生说："当他向我提出换心的要求时，我答应了，这并不

　　是因为我是总裁而他是门卫，我的考虑仅仅是因为我有儿女，不想让他们失去父亲。这里面没有金钱交易，如果你们质疑这友谊，那么不是侮辱了我，而是侮辱了我的朋友波比。"

　　最终他们败诉，因为没有一条法律可以强制要求以一个生命的结束来换取另一个生命的延续。

　　老波比十分沮丧，然而米先生却淡然地说："我早知道是这样的结局。可如果不让你上法庭。你无论如何都不会甘心的。"

　　波比惊愕地反问："你想让我当一回英雄？"

　　米先生答："不，是你令我成为英雄。这样，我以后就可以无比骄傲地告诉儿女，不要以我的成功和职衔炫耀，而应该引以自豪的是：你们的父亲，曾经拥有一个像老波比这样的朋友，一个愿意把自己的心脏给我的朋友。"

● 爱的书签 ●

　　当友情遭到质疑时，只要我们自己坚信友情的真挚就足够了。米先生能够得到一位甘愿为他换心的朋友，生命的长短就已经不是他所关注的他，他在意的，是要成全一个朋友的好意。而波比呢，他是在用自己的生命，换一个挚友的幸福，这是纯粹的奉献，甘愿为友情奉献的人，真挚得令人心疼。这样的一对友人，他们的换心故事，其实就是友情的颂歌。

金牌，可以融掉

文/老圈

　　为了友情，放弃金牌，是作为朋友应该做的事，但这却是是伟大的选择。

　　这是发生在1936年柏林奥运会上的一件事。当时最有希望夺得跳远金牌的是美国黑人选手杰西·欧文斯。他是当时的一位田径天才，一年前，他曾跳出8.13米的好成绩。

　　预赛开始后，一位名叫卢茨·朗格的德国选手第一跳就跳出了8米的不俗成绩。卢茨·朗格的出色发挥使欧文斯很紧张——这次比赛对他有着非同寻常的意义，当时，希特勒的"非犹太民族白种优

越论"甚嚣尘上，欧文斯太想用成绩证明这是谬论了！

由于心急，第一次试跳，欧文斯的脚超过了起跳板几厘米，被判无效。第二次试跳还是如此。如果第三次仍然失败，他将不得不被淘汰出局，而无缘真正的决赛。可欧文斯显然还是无法使自己平静下来，只要欧文斯被淘汰，可以说在决赛中冠军就非卢茨·朗格莫属了。

可是卢茨·朗格没有选择金牌，他选择的是友谊——他走上来，拍了拍欧文斯的肩膀说："你闭上眼睛都能跳进决赛。你只需跳7.15就能通过预选，既然这样，你就根本用不着踩上跳板再起跳——你为什么不在离跳板还有几厘米的地方做个记号，而在记号处就开始起跳——这样，你无论如何也不会踩线了。"

欧文斯恍然大悟，照卢茨·朗格的话做了，轻松进了决赛。在决赛中，他发挥出应有的水平，夺得了冠军。夺冠后第一个上来向他祝贺的是卢茨·朗格。

后来，欧文斯在他的传记中深情地写道：把我所有的金牌熔掉，也不能制造我对卢茨·朗格的纯金友谊。而在我熔掉金牌之前，卢茨·朗格在心中早已把他的金牌熔掉了。

● **爱的书签** ●

没有了金牌，却打造出了纯金的友谊。为了朋友，能够放弃荣誉，是难得的真挚，能够收获这样的友谊，金牌又算得了什么呢？在这个世界上，最珍贵的永远是真情，而不是其他荣耀和财富。

朋友：结伴而行的鱼

文/佚名

每一条鱼都自由自在地游着，它们也许不会帮伙伴去寻找食物，但是不管到哪里，它们总会在伙伴身边，结伴而行。

我和张君是高中同学，大学毕业后，他分到银行，而我则进了检察院。

我们是很要好的朋友。 要好的朋友是不在乎谁付出多少的。那时候，我们相互帮助，相互鼓励，在一个陌生城市里快乐地生活着。后来，我们都结婚了，更巧的是，我们的爱人都是白衣天使。他打趣说，我们的心是相连的，不成朋友都难。要不是他一时的冲动，这种友情会持续下去，我想一定会天荒地老。

他为了买处上等的房子，挪用公款8万元……反贪局调查他的时候，他说的第一句就是，我的朋友在检察院。这个朋友就是我，可我无能为力。法律对于朋友是无情的。

他的爱人多次找到我。看她那痛哭流涕的样子，我很伤心，毕竟他们结婚还不到三年，刚有了个小男孩。我只好反复做她的工作。最后她说，这是我们第一次求你，你给个明白话儿吧。我坚决地说，这事我帮不上忙。她擦干眼泪，冷冷地说，朋友有什么用！那语调里是对"朋友"这字眼的绝望。那以后，她没来过我们家。

我偶尔去监狱看他，他拒绝了我的探视。他只是传话说，朋友有什么用。

　　我希望通过时间来填补法律的无情。每年的节日，我都会和爱人去探监，去看望他的爱人，尽管要遭受冷落。终于有一天，他无奈地说，算了，朋友本来就没有什么用的。其实，我从骨子里了解他，在他内心深处是不愿失去我这个朋友的，正像我不愿失去他一样。

　　等他出狱那天，我和爱人都去接他。我说，上我家吧。他没有拒绝，也没有答应，随我上了回家的的士。那天，他喝得大醉。他问我，朋友有什么用呢？我笑着说，没有什么用，朋友本来就是没用的。他说，我不怨你。我笑了，笑里面掺杂着泪水。

　　不久，他和他的爱人去了另一个陌生的城市。我们偶尔有书信往来，他说，他和爱人都找到了一份还算可以的工作，孩子上了一所不错的小学，我们不必牵挂。那以后，我们彼此为了各自的工作不停地忙碌着，但那份情感是无法忘却的，有时候反而更浓。

　　前年，我生日那天，他寄来一封信，祝我生日快乐。信中夹着一朵风干了的牵牛花。他在信中说，你还记得吗？在校外的田野里，我们常常去摘牵牛花的，它象征平淡无奇的感情，早上花开，很快就凋谢了，可我们的友情虽然平淡可是无法凋谢。我和妻子在烛光中读着这封信，泪流满面。

　　去年的国庆节，我们相约去爬泰山。在一个偌大的水库前驻足。那清澈的水里，一条条自由自在的鱼结伴而游。我们相视一笑，我们多像那一条条游着的鱼，只要能够结伴就行了，这也

许就是朋友的意义。

● 爱的书签 ●··

　　朋友，就是在寂寞时可以陪伴我们的人，真正持久的友谊，必定是平淡如水，却长流不息。在人生困顿的每个瞬间，不一定都有朋友出现，但在长久的生活道路上，能有一个人一直陪着你，那就已经是一种幸福了。

梦里有你

文/佚名

住在朋友的梦里，有种被惦记的温暖……

　　罗威刚要出门，接到一个电话："罗威啊，我是李台阳。我马上就到你们家门口了，来看看你。"罗威想：和李台阳这么多年没联系了，自己刚升职，莫不是……

　　门铃响了，门开处，伸进一个乱蓬蓬的脑袋，一只黑色的塑料袋子"嘡"地放在地板上。

罗威说："是台阳啊，快请进。"坐在沙发上，罗威递烟给李台阳。李台阳抽出一支，凑在鼻子上闻闻，说："罗威，你混得不错啊。""听说你要来，特地去超市买的。"罗威用打火机给他点烟。李台阳嘻嘻一笑，放下烟，说："那么破费干吗？我早戒了，那东西耗钱。"

罗威说："那就吃些水果吧。"李台阳也不客气，抓了个苹果，边吃边环顾房子，说："你这房子够气派啊。"

罗威说："我是'负翁'一个，现在每月还在还房贷呢。"李台阳说："你们夫妻俩都是白领阶层，这钱来得容易，债也还得快。哪像我们，能吃饱饭，不生病，孩子上得起学，就算大吉了。"罗威想，这像是要借钱的开场白吧。他说："是啊，现在，谁都活得不容易。"李台阳说："你真是身在福中不知福。我打小就知道，你将来肯定比我活得有出息。"罗威说："哪里哪里，也是混口饭吃吧。"

李台阳正色道："你这样说就不对了，人要知足，对吧？"然后，又开起玩笑："你可不要犯错误啊。"两人聊起童年时的事儿，一聊聊到快中午，李台阳还是没说他来的目的。

罗威见他一直不提正事，又没有走的意思，想到自己下午还有个会，又不好意思催促，心里在便有些七上八下起来，心想可能李台阳不好意思自己提出来，便说："台阳，你还在摆地摊吗？不如找个固定的工作，做保安什么的，收入也比那强啊。"

李台阳说："我不喜欢做保安，我倒是想过自己租个门面，这样总比被城管赶来赶去强。"罗威说："城管大队的人我倒是认识，你今后有什么麻烦的话，我可以帮忙。"李台阳拍了一下罗威的肩膀，说："兄弟，有你这句话，说明我没有白惦记你。十多年了啊，你还是这般热心肠。好，我高兴，真是高兴啊。"边说边站了起来。罗威说："吃了饭再走。""老婆还在家等着我呢。好，我走了啊。"

听着李台阳"嗵嗵"的脚步声一路下去，罗威低头看了看地板上的黑袋子，打开来一看，原来是自己小时候最喜欢吃的鱼籽干。罗威不知说啥好，忽然觉得自己特俗。

楼梯口又传来"嗵嗵"的脚步声，好像是李台阳的。罗威想：可能刚才他没勇气说出口，就冲这一袋子鱼籽干，不管他提啥要求，自己一定想办法。打开门，果然是李台阳，尴尬的脸上都是亮晶晶的汗珠。他不好意思地说："你们这个小区像个迷宫，我绕来绕去总找不到大门。"罗威说"瞧我这粗心，应该陪你下楼去的。"说着，便和李台阳下了楼。走到楼下，李台阳去开自行车锁，那辆车和李台阳一般灰不溜秋、尘头垢面。

罗威问："你是骑车来的？"他知道李台阳住在西城，从那骑车到他这儿，起码要一个小时。李台阳说："是啊，骑惯了。"罗

威说："台阳，你有啥困难只管开口，我能帮的一定帮你。"李台阳说："没啥事，就想来看看你。"罗威说："你今天上门一定有事。你只管说，别开不了口。"

李台阳看看罗威，似下了决心说："我说出来你可别生气。"见罗威点头，李台阳说："我昨晚做了一个梦，梦见你得了重病，很多人都围着你哭。这一醒来，我心里就七上八下的，连地摊都不想摆了。知道你混得好，我也不想打搅你了。可这梦搅得我难受，连我老婆都催我来看看你，看你气色这么好，我就放心了。唉，梦呗，我这人还真迷信。"

罗威的眼睛红了，他一把抱住李台阳，说："兄弟。"

●爱的书签 ●

小学时的朋友，现在想想似乎记不起来几个；中学时的朋友大多也失去了联系。人总是这样，因为忙，因为精力有限。我们让很多人成为了生命的过客。但同时有那样一些人，他们把自己的朋友当做生命中的财富，藏在心里，一直惦念。就是这些人，让我们知道真情可贵。

生命的药方

文/胡建国

因为友情真挚，艾迪和德诺踏上了征程，即使路途坎坷，但充满欢乐和希望。

德诺10岁那年因为输血不幸染上了艾滋病，伙伴们全都躲着他，只有大他4岁的艾迪依旧像从前一样跟他玩耍。离德诺家的后院不远，有一条通往大海的小河，河边开满了五颜六色的花朵，艾迪告诉德诺，把这些花草熬成汤，说不定能治他的病。

德诺喝了艾迪煮的汤，身体并不见好转，谁也不知道他还能活多久。艾迪的妈妈也不让艾迪再去找德诺了，她怕一家人都染上这可怕的病毒。但这并不能阻止两个孩子的友情。一个偶然的机会，艾迪在杂志上看见一则消息，说新奥尔良的费医生找到了能治疗艾滋病的植物，这让他兴奋不已。于是，在一个月明星稀的夜晚，他带着德诺，悄悄地踏上了去新奥尔良的路。

他们是沿着那条小河出发的。艾迪用木板和轮胎做了一个很结实的船，他们躺在小船上，听见流水哗哗的声响，看见满天闪烁的星星，艾迪告诉德诺，到了新奥尔良，找到费医生，他就可以像别人一样快乐地生活了。

不知漂了多远，船进水了，孩子们不得不改搭顺路汽车。为了省钱，他们晚上就睡在随身带的帐篷里。德诺咳得很厉害，从家里带的药也快吃完了。这天夜里，德诺冷得直发颤，他用微弱的声音告诉艾迪，他梦见二百亿年前的宇宙了，星星的光是那么暗那么黑，他一个人待在那里，找不到回来的路。艾迪把自己的球鞋塞到德诺的手上："以后睡觉，就抱着我的鞋，想想艾迪的臭鞋还在你手上，艾迪肯定就在附近。"

孩子们身上的钱差不多用完了，可离新奥尔良还有三天三夜的路。德诺的身体越来越弱，艾迪不得不放弃了计划，带着德诺又回到家乡。不久，德诺就住进了医院。艾迪依旧常常去病房看他，两个好朋友在一起时病房便充满了快乐。

秋天的一个下午，艾迪在病房陪着德诺，夕阳照着德诺瘦弱苍白的脸，艾迪问他想不想玩装死的游戏，德诺点点头。然而这回，德诺却没有在医生为他摸脉时忽然睁眼笑起来，他真的死了。

那天，艾迪陪着德诺的妈妈回家。两人一路无语，直到分手的时候，艾迪才抽泣着说："我很难过，没能为德诺找到治病的药。"德诺的妈妈泪如泉涌："不，艾迪，你找到了。"她紧紧地搂着艾迪，"德诺一生最大的病其实是孤独，而你给了他快乐，给了他友情，他一直为有你这个朋友而满足……"

三天后，德诺静静地躺在了长满青草的地下，双手抱着艾迪穿过的那只球鞋。

● **爱的书签** ●

在德诺的生命中，疾病是场灾难，而艾迪则是上帝派到他身边的天使，是艾迪用执著的爱，让德诺在有限的生命里，拥有游戏和欢笑。艾迪用自己的行动告诉我们，友情就是一种陪伴，一种经历风雨仍然执著的陪伴。

她是我最好的朋友

文/佚名

在以为要抽光血才能救自己的朋友时，小男孩虽然恐惧死亡，但他还是慢慢地伸出了自己的胳膊……

那是发生在越南的一个孤儿院里的故事，由于飞机的狂轰滥炸，一颗炸弹被扔进了这个孤儿院，几个孩子和一位工作人员被炸死了。有几个孩子受了伤。其中一个小女孩伤得很重！

幸运的是，不久后一个医疗小组来到了这里，医生决定就地取材，她给在场的所有的人验了血，终于发现有几个孩子的血型和这个小女孩是一样的。于是，女医生尽量用自己会的越南语加上一大堆的手势告诉那几个孩子："你们的朋友伤得很重，她需要血，需要你们给她输血！"终于，孩子们点了点头，好像听懂了，但眼里却藏着一丝恐惧！

　　孩子们没有人吭声，没有人举手表示自己愿意献血！女医生没有料到会是这样的结局为什么他们不肯献血来救自己的朋友呢？难道刚才对他们说得话他们没有听懂吗？忽然，一只小手慢慢地举了起来，但是刚刚举到一半却又放下了，好一会儿又举了起来，再也没有放下了！

　　医生很高兴，马上把那个小男孩带到临时的手术室，让他躺在床上。小男孩僵直着躺在床上，看着针管慢慢的插入自己的细小的胳膊，看着自己的血液一点点的被抽走！眼泪不知不觉地就顺着脸颊流了下来。医生紧张地问是不是针管弄疼了他，他摇了摇头。但是眼泪还是没有止住。医生开始有一点慌了，因为她总觉得有什么地方肯定弄错了，但是到底在哪里呢？针管是不可能弄伤这个孩子的呀！

　　这时候，一个越南的护士赶到了这个孤儿院。女医生把情况告诉了越南护士。越南护士忙低下身子，和床上的孩子交谈了一下，不久后，孩子竟然破涕为笑。原来，那些孩子都误解了女医生的话，以为她要抽光一个人的血去救那个小女孩。一想到不久以后就要死了，所以小男孩才哭了出来！医生终于明白为什么刚才没有人自愿出来献血了！但是她又有一件事不明白了，"既然以为献过血之后就要死了，为什么他还自愿出来献血呢？"医生问越南护士。

于是越南护士用越南语问了一下小男孩，小男孩回答得很快，不加思索就回答了。回答很简单，只有几个字，但却感动了在场所有的人。他说："因为她是我最好的朋友！"

● 爱的书签 ●
···

人生的路上会面临很多抉择，小男孩用自己的全部勇气选择用生命守护友情，其实，所谓朋友，就是在对方需要的时候，毫不犹豫地给予帮助。

只想陪你坐一坐

文/何伟娇

沉默的支持，是可以支撑一个生命的力量。

1962年，作家刘白羽由北京到上海治病。当时他的长子滨滨正患风湿性心脏病，他放心不下，便让滨滨也到上海看病。遗憾的是，由于治疗效果不佳，滨滨的病情不见好转，又要返回北京。刘白羽万般无奈，只得让妻子汪琦带病危的儿子回家。

　　母子俩回北京的当天下午，刘白羽心神不定，烦燥不安。这时，巴金、萧珊夫妇来到了刘白羽的病房。两人进门后，谁都没有说一句话，默默地坐在沙发上。其实他们非常了解滨滨病情，都在为他担忧，生怕路上发生意外。

　　病房里静悄悄的，巴金伸手握住刘白羽微微发颤而又汗津津的手，轻轻地抚摸。萧珊则一边留意刘白羽的神情，一边望着桌子上的电话。突然电话响了，萧珊忙抢在刘白羽之前拿起话筒。当电话中传来汪琦母子已平安抵达北京的消息后，三个人长长地舒了口气，脸上都露出了笑容。

　　原来，巴金估计那天北京会来电话，怕有噩耗传来，刘白羽承受不了，于是携夫人萧珊专门前来陪伴他。当两人起身告辞时，刘白羽执意要送到医院门口。他紧紧地握住巴金的手，一再表示感谢。巴金却摆了摆手，淡淡地说，没什么，正好有空，只想陪你坐一坐。

● *爱的书签* ●··

　　在生死攸关的当头，一切的语言都是苍白的，只有紧握的双手才能传递力量。在朋友最需要你的时候，只需要你紧紧握住朋友的手，把友情的力量传递给他。

生死面前见英雄

文/佚名

人们都说"良心丧于困境"，那么在困境中仍有良心的人，他肯定就是英雄。

2007年8月，山东的一个煤矿发生了溃水事故，离地表近的人大都逃了出来，只剩下在深井里工作的一个班组的10个人被困。

5天过去了，就在人们以为这10个人都已命丧黄泉时，奇迹发生了，这一个班组的人竟全部生还。这些活下来的人都是英雄。一个星期后，矿方举办了记者招待会，想请记者宣传一下这些英雄。

记者开始采访，想发现一些亮点。

30多岁，健壮结实的班长首先发言了："我当时好像听见有人在喊，溃水啦!快跑呀!我就带着大家沿着巷道，顶着水往上冲。水太大太猛了，我不时提醒大家要跟上，别把谁给落下了!"

"我是老工人了，对地下的情况太熟悉了。"班长说完，一个老工人接过话说道，"我们刚跑出300多米，水就快漫到胸部了，我就大声喊大家'攀着管子! 攀着架线! 一定不能松手。'这样我们就来到了地势高一些的地方。"老工人一边说着一边比画模仿着当时攀管子架线的情景。

老工人的话音刚落，一个胳膊仍缠着绷带的大汉接着说："这时，我们上下井坐的'猴车'还能用，可当我们几个人跳上去时，突然一个大浪打来，把'猴车'掀翻了，我本能地跳下车，一手死死抓住一根粗电缆，一手死死地抓住小刘，他这才没被水冲跑。"大汉说完，眼睛不由往小刘那边撇了一下，脸上还溢出一股英雄般的自豪。小刘听着大汉讲述救自己的经过，脸微微有点发红。他不好意思看大汉，局促地低下了头。

就这样，大家你一言我一语地讲述逃生过程中遇到的种种惊险场景，还都有意无意地讲述着自己在危险到来时的不俗表现，仿佛自己就是那场灾难中的英雄，是大家成功逃命的救世主。

忽然有个记者发现了问题，一个班组10个人，这获救的却是11个人，多的一个人是谁？他是干什么的？他们怎么会在一起？

随着记者的提问，大家把目光聚焦到了那第11个人身上，他坐在最边上，是一个瘦削的中年人，这么长时间，他一句话也没有说。

临时主持会的人介绍说："他们不是一个班组的，他在地下200

米处看运煤轨道车，其他人都工作在地下700米处的掘进面。"也许主持人感到这个瘦削的中年人不可能是英雄，所以在向记者介绍中年人的情况时，言语中多少流露出些许的不屑。

　　主持人的话让记者更摸不着头脑，他开始发问："井下200米！这次溃水事故水没淹到这个地方，他怎么没先逃出来，反而和地下700米的人在一起遇了险呢？"

　　记者犀利的问话，使中年人的脸红了起来，他结结巴巴地说："当时，我在轨道旁，看见一股水顺着运煤轨道从上边冲下来，巷道里的风还带着白色雾气，'吼吼'地叫着，我想不好了，溃水了，得赶紧逃！我跑了两步，想想下面还有好多弟兄不知道呢！我就掉头一边往下跑，一边喊，'溃水啦！快逃呀！'最后和他们困在一起了。

　　大家都明白了，就是他与水赛跑，才使班长听到了他的喊声，迅速带领大家跑到了更高的巷道，得以生还。刚才发言的几个人都没有了当时的兴奋，机智的主持人面对这突如其来的变化一时竟也语塞起来。现场静极了，尴尬的气氛令人透不过气来。

　　"你不害怕吗？你没想过下去就上不来了吗？"不知哪位记者打破了这令人窒息的沉寂。

　　"害怕，当然害怕了！那水声吓死人了，但我不能一个人逃了，那样我对不住自己的良心，我会难受一辈子的。"

　　中年人平淡的回答让全场鸦雀无声，因为此时大家都已经知道谁才是真的英雄。

● **爱的书签** ●

　　人生的路上会面临很多抉择，小男孩用自己的全部勇气选择用生命守护友情，其实，所谓朋友，就是在对方需要的时候，毫不犹豫地给予帮助。

活动室

　　从小到大你是不是有很多朋友，你还记得你们是怎么相识的吗？有人说不打不成交，你们也是以这样的方式开始你们的友情的吗？写出来吧，也许很有趣，也许会很感人，总之，和我们分享一下吧！

_____

_____

_____

_____

感恩老师

谁弄丢了我的试卷 ●

他将我们从懵懂带入了成熟，让我们从无知变得学有所成，让我们在生活中追寻梦想，在梦想中体味生活。他，就是我们的老师。三尺讲台上的粉笔生涯，感恩老师，就是感恩智慧的薪火柜传。

谁弄丢了我的考卷

文/佚名

不翼而飞的考卷，却换来了李晓鹏学习上的斗志。原来，这一切，都是老师在做"幕后推手"……

李晓鹏是个初三的学生。这天，他参加完班里的数学竞赛，走出考场，很是懊恼，这次考试他又考砸了。李晓鹏的爸爸不久前在一次事故中去世了，突如其来的打击，让李晓鹏产生了辍学打工的念头。妈妈怎么劝，他也不听，还是新来的班主任彭老师一次次家访，苦口婆心让李晓鹏回到了学校，没想到当头就挨了这一棒。他真想找个地方痛痛快快地哭一场，把心里积压多日的苦闷一股脑地发泄出来。他觉得自己真的不是读书的料，又有了回家的念头。

到了晚自习，彭老师抱着考卷来了。彭老师病恹恹的，教学却是一把好手，和往常一样，他从高分到低分依次向下发："王岚，100分；张大江，99分……"90分以上的念完了，没有念到李晓鹏的名字；80分以上的念完了，还是没有李晓鹏的名字；只剩最后一张考卷了，李晓鹏觉得自己的脸烫起来，他低下头，像等待法官判决一样，等着彭老师叫自己的名字。可是，竟然不是李晓鹏的！

彭老师发完考卷，扫视了一圈教室，然后说："竞赛成绩不好没关系，可是居然有人没交卷，请那位没有拿到考卷的同学起来，解释一下原因吧！"李晓鹏站起来，结结巴巴地说："我……我……交卷了！"彭老师咳嗽了两声，把目光转向了数学课代表，

问："考卷是你收的吧？"课代表红着脸说："考卷是大家自己交到讲台上的，只要交了卷都应该在，会不会是他自己……""我交了的，肯定是她收考卷时不小心给弄丢了！"这时候同学们七嘴八舌地说开了，李晓鹏急了，不服气地争辩到："谁说我没交卷？我绝对交了！"

彭老师看着大家，捂着胸口摆摆手，说："这样吧，我有个提议：咱们给李晓鹏一次机会，让他当着大伙的面重做，真英雄假英雄一下子不就检验出来了？""就凭他，再做十次也是狗熊！"同学们叽叽喳喳议论了一阵，同意了彭老师的意见。李晓鹏生气归生气，还是背对着全班同学，在最前排做起考卷来。为了在同学面前争回一口气，这一次他仔细审题，尽量避免因马虎失分。

第二天数学课上，彭老师兴冲冲地走进教室，说："昨天晚上的竞赛卷，李晓鹏得了98分，如果按标准评奖，他该评为二等奖，大家说说这奖怎么评？"哇，这不会在做梦吧？李晓鹏脑袋晕乎乎的，他简直不相信自己的耳朵。下面早就炸开了锅，有的说他是瞎猫碰上死耗子，有的说要公平竞争，当场没交卷不能参加评奖……最后，彭老师给李晓鹏评了一个特别优秀奖，不占大家评奖的名额。

下了课，彭老师把李晓鹏叫到办公室，说："老虎不发威，别人还以为你是病猫呢！昨天晚上你憋了一股气，潜能就发挥出来了。那张考卷我留下做样卷，先不还给你了，你没意见吧？是当病猫还是当老虎，就看你自己了！"说着，彭老师轻轻拍了拍李晓鹏的肩膀。李晓鹏心里热乎乎的：看来，只要发发狠，我也可以发挥潜能，我也能够获奖！

李晓鹏放弃了辍学的念头，凭着这一股狠劲，学期结束时，他上升到全班前十名；初四毕业，他顺利考上了县里的重点高中。可是，彭老师却积劳成疾，在把李晓鹏他们送上高中后的第二个暑假，去世了。得知这个噩耗，李晓鹏和几个同学一起去彭老师家帮忙。李晓鹏在清理彭老师遗物的时候，意外发现了两张过去的试卷，上面的字迹很熟悉：天哪，这不是自己丢失的那张竞赛卷吗？一张是他第一次做的，只批改了一半，大部分是红叉叉，上面没有成绩；另一张是他那天晚上在晚自习时做的，改完了，可是上面的成绩却让李晓鹏大吃一惊——只有78分！

这一瞬间，李晓鹏什么都明白了，为什么彭老师没有把这两张考卷还给他，他只觉得泪水模糊了双眼……

● **爱的书签** ●

78分和98分，不仅仅是20分的差距，更是一个孩子走下去的自信和勇气。两份考卷是李晓鹏走出阴霾的绊脚石，彭老师让考卷"不翼而飞"，帮助自己的学生清除了绊脚石。他用自己的方式诠释了师者的内涵，不只是传道授业解惑，更是引领和搀扶。

生活中，有的老师严厉，有点老师和蔼。有的学富五车，有的孜孜不倦。无论是怎样的一位老师，他们都真诚地、竭尽全力地引领我们走向更广阔的明天。

他还没有忏悔

文/佚名

在纯净如天使、博爱如上帝的心中，那颗没有　悔的心灵，是舍不下的惦念。

有一位慈爱可敬的中学教师，在那个癫狂的岁月里，却受人诬陷，被造反派们屡次批斗。

造反小将说他有反革命言论，并在授课的时候大肆传播，是一个隐藏的反革命分子。他们用尽各种办法折磨他，摧残他，让他交待自己所谓的罪恶行径和思想。可是，他只是一名普通的教师，他没有什么可交代的。他也知道他为什么会被批斗，可能是上课的时候，说错了话。可到底是哪句话说错了，他实在记不起来了。

他也知道告发他的是他的学生，而且也知道是哪几位学生。

最终，因为他"认罪"态度不端正，以反革命罪被判入狱20年，到内蒙古大草原服刑。在内蒙古，他度过了极其黑暗的20年。生在江南，长在江南的他，完全放弃了自己的生活习惯，学会了生吃辣椒和牛羊肉，当年风华正茂，平反回来时已是白发苍苍，满面风霜。

回到家乡后，那间老屋已经倒塌，妻子也已改嫁远方，唯一的女儿和一个屠夫结了婚，生了一大堆儿女。面对老父归来，女儿只是关心他的补偿金有多少。当年那个扎着羊角辫和他说长大后要当作家的天真纯洁的女孩子，变成了一个被岁月和生活重压下满口粗

话的俗人。

　　他留下了一大笔钱给女儿，让她改善自己的生活。然后在城郊的一个村落里购了一间民房，安度晚年。平日里，老人按照记忆写了一些文字，陆续发表在报纸上。有一家出版社看中了他的题材，为他出了一本书，结果这本书大受欢迎，他成了名人，电视台也做过他的访谈节目。

　　有一天，老人收到了一封信。信是当年的一位学生写来的，他在信中向老人表示忏悔，说当年他是告发者之一。老人回信说："你不要难过，其实我当年就知道谁是告发者，我早已原谅你们了，因为你们还是孩子。"在短短的三年内，老人陆续收到四位学生的忏悔信，他都一一回信，希望他们不要再记着过去的事了。

　　后来，老人病了，很重，医生终于无力回天，交代家人准备后事。弥留之际，老人对身边的一位旧时挚友说："我还有一件未了的心愿。"老友凑到他的嘴边，他艰难地说："当年，告发我的共五位学生，其中四位已经知错忏悔了，还有一位学生叫柳某某，他一直没和我联系。我一直为他感到不安，其他四位学生已经摘掉

了多年的心病，他不应该再背负着当年的痛苦……"老人接着说："我知道柳某某的住址，我拜托你转告他，我早已原谅他了。"老友泪光闪闪，无语凝噎，在场的医生、护士也无不感动。

老人死后，原学校为他设灵堂，出殡前，有一位中年男人在老人灵前长跪不起，嚎啕大哭。众人发现，他是一位企业家，在市里炙手可热，叫柳某某，他说自己是老人的学生。

● 爱的书签 ●

在老教师的心中，重要的不是学生们的忏悔，而是学生们是否放下了心病。在老教师的心中，学生们的幸福，就是他最大的慰藉。很多时候，老师只是平凡人，他们也需要理解和爱。但大多数时候，他们是不平凡的人，他们可以放弃一切，只求学生更好、更幸福。

一个山村教师的春节

文/佚名

在生命的每一个时刻，都给孩子带去一点灯火，这就是教师。

这是她在村子里过的最后一个春节，因为明年她就要到城里的大医院看病了，她舍不得离开孩子们，虽然那里的环境可以用艰辛来形容，但是她希望把自己的知识全都授予这些渴望改变命运的孩子们。

他们教室是村子临时搭起的两间大瓦房，下雨时屋顶的雨滴会流到孩子们的衣服上，但是孩子们无论环境多么恶劣他们都没有耽误她上的每一节课，中午吃饭的时候她会跟孩子们在一起吃土豆拌干饭，有时候孩子会从家里偷来鸡蛋为她补身体，她曾经几次想放弃这里的苦生活回到条件优越的城市里教书。孩子们渴求知识的那份心最终还是让她留了下来。

一次语文课，她站在讲台上感觉眼前模糊然后就昏倒在地上，乡卫生所的医生告诉她要到大城市里的医院好好检查一翻，她怕耽误了孩子们上课一直坚持着，孩子们听她的课更加专著了，那一天她又累倒在讲台上。

在乡卫生所的床上，她静静的看着胳膊上的吊针心里却在牵挂着在课堂的孩子们，没有她孩子们会不会放弃学业，对于村子里的孩子们来说读书是件来之不易的事情，她强忍着痛准备拔掉针头，却被一声"老师"给惊住了，说话的是个低年级的小女孩，她的手

里拿着一盘热气腾腾的饺子，她对老师说："老师，吃了吧，这是妈妈包的，她说吃了饺子你就会好起来，班里的同学们都在等你回来。"

她流着泪吃了那盘饺子，这是她这辈子着吃得最香的饺子，村子里并不是所有人都能吃上饺子，小女孩说自己一定要努力读书将来让村子里的人都吃上饺子，听了这话这位老师的筷子止住了她夹了个饺子给小女孩吃，小女孩连连摆手说道："老师，你吃吧，我吃过了。"

她并不相信小女孩的谎言，由于山高路远的缘故，村子里每户家庭收入都很微薄，很少能吃上成斤的肉，饺子对于他们来说是种奢侈，做为老师她现在所能做的就是把更多的知识教给他们，好让他们改变这个贫瘠的小山村。

第二年，她离开了这个小山村，所有的孩子们都默默的站在一米线旁用眼泪目送他们的老师，她摇着手对孩子们说："孩子们，你们要好好学习，我会再回来的……"

在城里的大医院里她又度过了一年，她被检查出得的是白血病，在生命即将到尽头的那个星期她给市里的领导去了封信：我是个即将离开人世的老师，我最舍不得的就是山村里的那些孩子们，我还有很多愿望没有实现，希望你们能给予帮助，我希望有一位好老师再到那里教他们读书，希望有一所新的小学，希望他们能够用知识改变命运，希望他们走出山村，希望他们春节都能美美地吃上一顿饺子……

● **爱的书签** ●......................................

在山村的恶劣环境下，她没旷过一节课，这就是一个教师诠释的尽职尽责。而在生命的最后一刻，她依旧为了乡村的孩子，能够在春节吃上一样饺子而呼吁。这就是一位老师的奉献。

如果说，是学生的一碗饺子让老师感动了，不如说，是一个教师的奉献精神，让她看到了孩子们的贫苦，看到了孩子们的善良，跟感受到了自己有限的生命，还是应该为孩子来呼吁。

地震中的教师

文/佚名

当他们用生命拯救了自己的学生，他们就已经不仅仅是一名教师了，更是一个伟人。

张开的手臂

"昨天晚上就听说有个老师救了4个娃儿，我哪知道就是你……"张关蓉扑到丈夫的遗体上放声恸哭。她的丈夫、德阳市东汽中学教师谭千秋用自己的双臂保住了4名学生的生命。

"我侄女是高二一班的学生，要不是有他们老师在上面护着，这4个娃儿一个也活不了！"被救女生刘红丽的舅舅对记者说。

"那个老师呢？"

"唉……他可是个大好人，大英雄噢！"说着，刘红丽舅舅的眼圈红了。他说，那是一位男老师，快50岁了。

"我们发现他的时候，他双臂张开着趴在课桌上，身下死死地护着4个学生，4个学生都活了！"一位救援人员描述着当时的场景。

当张关蓉拉起谭千秋的手臂时，丈夫僵硬的手指再次触痛了她脆弱的神经："昨天抬过来的时候还是软软的，咋就变得这么硬啊！"张关蓉恸哭失声……这双曾传播无数知识的手臂，在地震中从死神手中夺回了四个年轻的生命，手臂上的伤痕记下了这一切。

雄鹰

当汶川县映秀镇的群众徒手搬开垮塌的镇小学教学楼的一角时，被眼前的一幕惊呆了：一名男子跪仆在废墟上，双臂紧紧搂着两个孩子，像一只展翅欲飞的雄鹰。两个孩子还活着，而"雄鹰"已经气绝！由于紧抱孩子的手臂已经僵硬，救援人员只得含泪将之锯掉才把孩子救出。他是该校29岁的老师张米亚，最喜欢唱那句"摘下我的翅膀，送给你飞翔。"

她也是个母亲。地震时，孩子们都在睡午觉，映秀镇幼儿园聂晓燕老师一手一个抱出了两个孩子，而她自己的孩子还在屋子里！直到她遇难的孩子被挖出，她的眼泪终于如山洪暴发："娃……娃娃……妈妈……来不及……啊……" "娃娃，你的脸怎么这么脏啊?"聂晓燕打开带在身边不知多久的崭新粉红色棉褥，小心翼翼包裹孩子，"妈妈给你洗干净。"她和丈夫用手帕轻轻地擦着孩子满是灰尘的头发和脸蛋，好像生怕把孩子弄醒。旁边一位武警战士用安全帽使劲地敲着自己的脑袋，让疼痛阻止泪水倾泻。

● **爱的书签** ●···

　　如果说，用自己的身躯拯救了自己学生的教师，是伟人；那么当聂晓燕揭开自己孩子崭新的红色棉褥，抚摸着自己的孩子时，你会发现，教师，也是有血有肉、有亲人、需要爱的人，他们在灾难面前与我们一样的脆弱，他们的身躯可以塑造一种精神，却无法抗拒死神。

　　如果你从这些感人的故事中读懂了什么是教师，请先去体会，他们最为一个平凡人的喜怒哀乐吧！只有平凡人塑造出的奇迹，才是真的伟大。

活动室

　　在教师节的时候，你们举办过师恩答谢会吗？或是你们用过独特的方式感谢过你们的老师吗？仔细回忆一下，整理成一篇文章。

_____

_____

_____

_____

_____

感恩
陌生人

冬日暖阳

　　生活在人群中，每个人每天都会遇到很多人，这些人虽然像过客一样在我们的人生中稍纵即逝，但每个人都可能参与我们的成长。那些送来温暖的人，滋养我们善良的心；那些可爱的人，丰富我们单调的生活；那些曾经给我们痛苦的人，锻炼我们坚强的心灵。

　　每一个陌生的人，都是我们成长的一个见证人，即使他们以后不再出现，也一样值得感激，感激他们的好，也感激他们的坏。感激这世界上每一个与我们相遇的陌生人，就是感激自己的生活。

不识字的老师

文/梁国

这只是一个打工期间结识的一个陌生老黑人，可正是他让"我"懂得了人生最重要的道理。

那个年代的留美学生，暑假打工是唯一能延续求学的方法。

仗着身强体壮，这年我找了份高薪的伐木工作。在科罗拉多州。工头替我安排了一个伙伴——一个硕壮的老黑人，大概有60多岁了，大伙儿叫他"路瑟"。他从不叫我名字，整个夏天在他那厚唇间，我的名字成了"我的孩子"。

一开始我有些怕他，在无奈下接近了他，却发现在那黝黑的皮肤下，有着一颗温柔而包容的心。在那个夏日结束时，他成为我一生中难忘的长者，带领着年轻无知的灵魂，看清了真正的世界。

有一天，一早我的额头被卡车顶杆撞了个大包，中午时，大拇指又被工具砸伤了，然而在午后的烈日下，仍要挥汗砍伐树枝。他走近我身边，我摇头抱怨："真是倒霉又痛苦的一天。"他温柔地指了指太阳："别怕，孩子。再痛苦的一天，那玩意儿总有下山的一刻。在回忆里，是不会有倒霉与痛苦的。"我俩在珍惜中，又开始挥汗工作。不久太阳依约下山了。一次，两个工人不知为什么争吵，眼看卷起袖子就要挥拳了，他走过去，在每人耳边喃喃地轻声说了句话，两个便分开了，不久便握了手。我问他施了什么"咒语"，他说："我只是告诉他俩：'你们正好都站在地狱的边缘，

快退后一步。'"

午餐时，他总爱夹条长长的面包走过来，叫我掰一段。有一次我不好意思地向他道谢，他耸耸肩笑道："他们把面包做成长长的一条，我想应该是方便与人分享，才好吃吧。"从此我常在午餐中，掰一段他长长的面包，填饱了肚子，也温暖了心坎。

伐木工人没事时总爱满嘴粗话，刻薄地叫骂着同事以取乐，然而他说话总是柔顺而甜美。我问他为什么，他说："如果人们能学会把白天说的话，夜深人静时再咀嚼一遍，那么他们一定会选些柔软而甜蜜的话说。"这习惯到今天我仍承袭着。

有一天他拿了一份文件，叫我替他读一读，他咧着嘴对我笑了笑："我不识字。"我仔细地替他读完文件，顺口问他，不识字的他怎么能懂那么些深奥的道理。那黝黑粗壮的老人仰望着天空说道："孩子，上帝知道不是每个人都能识字，除了《圣经》，他也把真理写在天地之中，你能呼吸，就能读它。"

现在，路瑟也许不在了，然而，我记不得世上曾经有多少伟人，却永远忘不了路瑟。

● **爱的书签** ●

　　老伐木工路瑟用自己的言行，教会了"我"退让、分享、善言，更教会了"我"人与人相处要用心，要充满爱。虽然他不识字，但他就是上帝安排在人间的指路人。

冬日暖阳

文/查一路

阳光透过冷漠的乌云照下来，世界暖暖的。

　　冬天风大，摇着树的影子。我看见了三十年前的我，和同学们挤在学校前的一面土墙，用后背在砖块上蹭痒。昏黄的阳光笼罩大地。

　　操场一角有一位老人，戴绒线帽，穿黑色棉袄。他用红薯糖做糖塑，卖五分钱一只。一只火炉，火炉上一只铝锅，加热后的红薯糖，像柔软的琥珀，温润光泽。老人拿一只小勺，舀一勺糖，他抖动手腕，液体的糖从小勺中流出，流到铁砧上，铁砧上有一只竹片。围绕这只竹片，掌勺的手，时而浓墨重彩，时而惜墨如金。竹片拿到手里，上端的糖塑栩栩如生，晶莹剔透。要么是花脸典韦，要么是手提哨棒的武松。这是位民间高人，他稔熟四大名著里的形

象，用糖来一一勾勒。糖塑再好，无奈舌头贪婪，昔日英雄，几分钟后，终将在舌尖上落难。

一群孩子簇拥在周围，高举手中的五分钱。我挤在其中。突然，身后有人清晰地叫了一声："查一路，你没有爸爸！"回身一看，竟是我的同桌，我踩了他的脚尖，没容我解释，他已经拔剑出鞘了。一下，就击中了我。

是的，这年的秋天，我父亲死了。这是我的疼痛和短处。我成绩优异，品行端正，长相清秀，老师喜欢。可是我没有父亲。我羡慕那些有父亲的同学，他们的父亲大多是农民，高大剽悍，孔武有力。扛着锄头在教室外巡视，透过破窗向教室里偷看，用目光打压他人，呵护儿子。

待在那里，我试图抓住什么来抵御内心的疼痛。我没有哭，因为我没有哭的习惯。但无力反击，因为说不出话来。这年我才8岁。

老人做出了激烈的反应。他用小勺敲打着锅沿，又用小勺指着我的同桌，大声呵斥，臭小子，这么小就知道往人心窝里捅刀子，不要想吃我的糖塑，你滚一边去！他最终没有给他糖塑。

轮到我时，他递给我两只。举起其中一只，是举棒的悟空。这只很大，悟空刚劲神武，一棒冲天，横扫阴霾，是送给我的。放学的路上，我把它举起来，对着太阳。阳光透过糖塑照过来，深红的，暖暖的。我看了很久，风很大，人并不觉得冷。

我把它插在窗台上，有时候我把它拿到屋外对着阳光扬起脖子，阳光变成了深红色，暖暖的。我想把它留很久。可是，第二年的春天，它粘住了几只飞虫。母亲说，吃了吧。我舔了一个上午，吃下了一个冬天的心情。屋外，阳光热烈而凶猛。一切都会好起来。

● 爱的书签 ●

对于这个失去父亲的孩子来说，卖糖塑的老人送给他的，不仅仅是糖塑，更是一缕驱散黑暗的阳光，温暖了孩子的冬天，也温暖了孩子的人生。

那些驻足在街角的陌生人，在某个时刻，就可能成了我们心中最难以忘记的温暖。因为，在这个世界上，人与人之间的真情不需要做任何准备。陌生人也可以在我们委屈时，受到不公平待遇时，用他们的方式温暖我们。

这世界之所以可爱，正是因为每个人都可以变成冬日里的暖阳，可以互相温暖，互相鼓励。

多爱一次

文/鲁小莫

当世界因为视力下降而变得模糊时，一双温暖的小手牵着他走过了那些坑坑洼洼……

前年，他患眼疾，视力严重下降，外物在他眼里只是一团模糊。那是一段心灰意冷的日子。先是单位借故辞退了他，而后女朋友也离开了他。他的心里，成天灰蒙蒙地飘着细雨。

每天下午他都要去附近一家医院治疗，傍晚时分，再顺原路回来。那段时间，经过的那段路整修，到处被挖得坑坑洼洼。

他极力辨认着坑洼处，尽量绕开，可还是不可避免地踏进去，一次次摔倒。根本没人注意他，他的心里充满愤怒。他想，视力恢复后，他一定将这些愤怒，扔垃圾一样统统还给周遭。

他摔了3天跤。第四天，再经过这段坑洼路时，他听见一阵"咚咚咚"的脚步声，一个小男孩跑来，说："叔叔，我帮你。"一只小手伸进他的手心。

他的心里吹进一股清凉的风。由男孩牵引，他很顺利地通过坑洼处。

此后的第二天、第三天……男孩总是及时出现在他身边。他有些惊讶，问起才知，男孩住在路边，从自家的阳台上，可以看见他走过来。

他微笑着问："你家住哪一栋哪一层？"他想视力恢复后，一定要登门感谢，感谢男孩和他的父母。

男孩却沉默一会儿，说："叔叔，妈妈说，不要告诉陌生人住在哪里。"

他笑了，不再过问。

第二天，他带来一罐饼干。没想到男孩还是沉默一会儿，说："叔叔，谢谢你！可妈妈说了，不能吃陌生人的东西。"转身又跑了。

他拿饼干的手擎在半空，愣住。原以为孩子的心，是没有污染的天空。其实，孩子同大人一样，也会遭遇冷漠、自私、欺骗……于是，孩子早早地学会保护自己。这也许无可厚非。令他感动的是，尽管男孩心存警惕，却不妨碍他用一颗善良的心，帮助别人，爱别人。

他觉得一股强烈的阳光，猛地射进他的心。

眼睛康复后，他又找到一份工作。那段路，他还常常走过，他的掌心里，始终留有男孩的温暖。是男孩教会他，不管世界怎样，都不妨碍我们做个好人，多爱一次。

● 爱的书签 ●

当一个人眼前一片漆黑，而脚下却坑坑洼洼时，一双引领的小手，送来的正是人与人之间的温暖，这温暖给了人们继续前行的勇气。但陌生人之间，必定是有距离的，这种距离也是必须的，因为这世界必定是存在着丑陋，学着自我保护，是人立足于社会的必修课。不过，从某种意义上说，也正是因为人与人之间的这种必然存在的距离，那些陌生人的帮助才让人倍感温暖。

寂寞出租屋

文/伊北

一位孤独的老人，一个漂泊异乡的年轻人，在老房子中，淡淡地演绎着陌生人之间的温暖。

那年秋天，我搬进这间小房，她就曾表情严肃地告诉我：既然住进来了，就要严格地遵守这儿的规矩，不能喧哗，不能随便带人进来，还有就是，要按时缴纳房租。我看着她布满皱纹的脸，狠狠地点了点头，嘴里还不住地应酬着说好。

她看到我诚恳的态度，这才缓缓地转过头，佝偻着腰，迈着小碎步，返回她的屋子去，临进门那一刹，她偏过头对我笑着说，就是看你是老实人才招你进来住的。我连忙点头说谢谢。

因为时间的错位，我和她相处的机会竟很少，即便在一套房子里共处，她大部分时间也是忙于打麻将，而我则会把全部精力放在写自己的作品上。

可是有时候也不。偶尔在深夜，忙于工作的我饿极了，便会拿着一包泡面跑去用她的煤气灶做吃的，火煮泡面香，她大多会闻味而来。

"用煤气省着点，要钱的。"她坐在灯绳下的小板凳上嘀咕。"哦。"我应了一句，觉得很不好意思，背对着她："要不你也吃点儿吧！""这么晚了……"她有点儿不好意思。"吃点儿吧。"我再次要求她吃，"再放点儿青菜，你少吃点儿。"她呵呵地笑起来，站起来帮我去水池子那里洗青菜。

泡面没多久便煮好了，端着饭碗，我们总觉得应该说点儿什么才好，于是，我们便开始关心起彼此的人生来。温柔的夜被灯火照亮了边沿，我和她在一盏灯下的对谈，清清淡淡的，陌生人之间的暖意，就仿佛我们头上的灯，照亮了彼此人生中的一段旅程。

从此，我和她便经常在深夜，我们都从繁忙的白天解脱出来的时候，在那个小小的厨房里会餐。从最初的泡面到一锅香菇鸡汤，我和房东的私交显然持续升级着，我们很是陶醉于这样的分享，简简单单，没有算计，没有防备。

交流得多了，我发现老太太其实很寂寞，走到人生的边缘，她似乎没什么事儿可做，孩子不在身边，每天只能无休止地打麻将来填充自己过多的时间。我常说，要不有机会我陪你出去走走？可她总是说不用，玩玩麻将就好。

当然，我和老太太的相处也不是没有摩擦。

冬天过到一大半，外头已能滴水成冰。大年三十，我从外头吃完饭回来，坐在窗边的桌子旁，微微开着窗，遥对窗外的万家灯火，隐隐约约，竟有电视机的声音透出来，谁家没关好门的厨房，也会时不时飘来各色的菜香，黄黑的天幕上，已经有人开始放花炮。我承认我想家了。

我打开电脑，对着荧光闪闪的屏幕，一个字也敲不出来，我执拗地胡乱打着，一串串不成形的句子在白屏上跳跃，过了好一阵儿，我才抵抗住窗外世俗的诱惑，专心写起东西来。哪晓得隔壁的老太太们却把麻将打得天响，哗啦哗啦的洗牌声、啪啪啪的摔牌声，让我心中的火气直往上蹿，我硬憋到晚上10点半，老太太们丝毫没有要散场的意思，在墙壁这一边的我，还听到两个老太太差点儿为了一个牌吵起来。我坐在床边，暗暗告诉自己，要忍耐要忍耐，11点再不走就发飙。

时钟欢快地走着，我在屋里来回转悠，时不时地望望南墙的钟面，时间一到，我想也不想，立刻冲出去，拉开她的房门吼叫："一年到头打，大年夜的，能不能消停点儿！"看见我扭曲的脸，屋内搓麻的四个人愣住了，房东屋里的座钟慢了一点儿，这才当当当报起时间，每报一声，那机巧的座钟里便会出来个小人跳一圈舞蹈，好像在讽刺我的鲁莽。"你干什么？"老太太说话了，"大年夜的，这不我们几个老姐妹没地方去么！"她站起身来，把牌一推，板凳往后一踢，说不打了不打了，三个牌搭子见势头不对，也纷纷站起来，从我手边抽身而过，拉门离开。

我和老太太的友好关系这算是正式破裂。

虽然她没有赶我走，也没有提退租的事儿，但是从那以后，她再没同我说过话，即便是我深夜跑到厨房做吃的，她也不再会热凑过来，宁愿孤零零地去卫生间打一盆热水，端到自己屋里去泡脚。

这样的冷战生活，让我心里很不是滋味。有好几次，我都想请她吃顿饭，赔个不是，好打开这尴尬的局面，可每次回到家里，看到她僵冷的面容，一时间，我又不知道如何开口。我觉得很惘然，好像小时候，无心犯了个不可弥补的大错。

直到那个夏夜。

我刚到家不久，她忽然穿得整整齐齐——一套藏青色的小西装，绾了个大髻，提着个买菜用的大布包，敲响了我的房门。"你忙不忙？不忙就陪我出去走走。"她扶着门框问。我慌着站起身来，说不忙，胡乱穿了件衣服，便挽着她走进了无边的夜色。

走到小区旁的三叉路口，她停住脚步，转头对我说，你去路边找个石子来。我摸着黑，在路边的树丛里找出一枚小石子，递到她手上。她也不看我，只叹了口气，慢慢地弯下腰，蹲在地上，在人行道的空地上画了个圆，然后从包里掏出好几沓草纸，放在圈内。她划了根火柴，小心地引火，那草纸一下就燃了起来。她直起身，静静地立在一旁，看着那草纸熊熊烧着，一阵风过来，那烧尽的纸灰黑中透红，被吹得好高。来拿钱吧，她突然说了一句。我站在她身后，似乎明白了一切。等纸烧尽，地上只剩下黑灰一片，她才拉了一下我的手臂，转身离开。

已经走了三十年了，她淡淡地说。从这天起，老太太持续了好几天忧郁状态，不过好在夏天还没结束，她便又开始了以前的麻将生活。

可还没等到树叶飘落，路上满地金黄，我便因为工作调动的缘故，离开了这个城市。等到再次回来，已经是三年后，但老太太已经不在好久了。

● 爱的书签 ●

与任何人相处，都不可能是不需要磨合的，也不可能一直都是顺利的。但小的摩擦并不会影响与人相处带来的愉悦和满足。在孤单的时候，能够与身边的那个人建立交流，即使只是淡淡的，也可以让我们感受到生活的乐趣。

蜡烛

文/佚名

那个敲门的孩子，为什么，那样关注我的蜡烛呢？

　　有一位单身女子刚搬了家，她发现隔壁住了一户穷人家，一个寡妇与两个小孩子。有天晚上，那一带忽然停了电，那位女子只好自己点起了蜡烛。没一会儿，忽然听到有人敲门。

　　原来是隔壁邻居的小孩子，只见他紧张地问："阿姨，请问你家有蜡烛吗？"女子心想："他们家竟穷到连蜡烛都没有吗？千万别借他们，免得被他们依赖了！"

　　于是，对孩子吼了一声说："没有！"正当她准备关上门时，那穷小孩展开关爱的笑容说："我就知道你家一定没有！"说完，竟从怀里拿出两根蜡烛，说："妈妈和我怕你一个人住又没有蜡烛，所以我带两根来送你。"

　　此刻女子自责、感动得热泪盈眶，将那小孩子紧紧地拥在怀里。

● 爱的书签 ●

　　打开心灵的窗户，阳光就可以从各个角度射进来。在女子将孩子拥入怀中的刹那，她的心窗必定是打开了，从此，她的生活一定会更温暖。毕竟，这个世界是充满阳光、充满爱的，总是防备着，你怎么可能被爱呢？

卖竹筷的农民

文/张先震

15捆竹筷，述说的是勤劳，4个苹果，却散发着质朴的香甜。

　　那天上午，好端端的忽然下了一阵大雨。豆大的雨点落下来时，一位陌生的大叔闪进家来避雨。大叔手里提着一个编织袋，袋里装着一捆一捆的竹筷。大叔坐下后，我和他攀谈起来。

　　大叔住在离这里20里远的一个小山村，几年前，他在屋后的山坡上种了一片毛竹，现在毛竹长大了，农闲时常砍下毛竹加工成器具卖，增加些收入。一个星期前他卖了两张竹椅，昨天他把做竹椅剩下的几节竹筒削成了筷子，今天拿出来卖。村子没有公路和外面相通，20里的山路只能靠腿走，今天早晨天蒙蒙亮他就吃了早饭赶来了。

　　我问："一捆筷子能卖多少钱？""一捆筷子10双，卖1

块。""您这袋里有几捆?""15捆。"为了15块钱,却要来回跑
40里的山路。看外面的雨短时间内没有停的意思,我叫妹妹拿出一
把雨伞借给他。大叔接过雨伞,千恩万谢:"多谢你们!多谢你
们!放心,我下午回家时就还你们!"

　　雨下了一个多小时就停止了。午后,卖完筷子回家的大叔走进
家来。他一手拿着伞和卷成捆的编织袋,另一只手提着一塑料袋苹
果,说:"我母亲75岁了,爱吃水果,我每次出村子来都要买些回
去。"大叔从塑料袋里拿出4个苹果给我们,我们怎么也不接,"我
今天特意多买了一些。"大叔一脸诚恳,把苹果使劲塞给妹妹。妹
妹接过苹果,又装回他的塑料袋里:"让婆婆多吃几个,就算我们
给她吃的吧!"大叔只好作罢,说:"哎,你们真是太客气了。"

　　妹妹去打扫房间了,大叔和我聊了一会儿后就动身回家了。傍
晚,妹妹收拾茶几,发现茶几上的报纸下放着4个苹果。大叔提起苹
果临走时,说要再喝杯水,走到茶几前倒水,趁机悄悄把苹果留在
了茶几上。

　　这就是农民,为了十几元钱愿意走40里的山路;这就是农民,
得了一点帮助便想方设法报答。

● **爱的书签** ●··

一位农民，为了15块钱走40里山路，为了一把遮雨的伞，他想方设法地赠送4个苹果。4个苹果，不知道他需要卖几捆竹筷才能换来，但必定是15元钱中最温暖的那一部分。这样的人，就是生活中的老师，教会我们知恩图报，教会我们只有学着有感激，生活才能一直涌动着暖流。

陌生的爱

文/佚名

一位陌生老人的掌声，给了她继续拉琴的动力和信心。

微风中，一棵垂柳随风摇曳。柳树下，一条静静的小河伸向远方。不知什么时候起，每当夕阳西下，她总爱坐在这条静静的小河边，坐在那棵垂柳旁，默默地注视着小河流向远方；也不知从何时起，妈妈每天都逼着她练小提琴，说是要她完成自己未能完成的愿望。

她爱音乐，更爱小提琴，可她不喜欢被妈妈无休止地盯着。她好想反抗，可她是父母眼中的乖孩子，她必须言听计从，每天除了练琴还是练琴。到了考试的那一天，她竟心乱如麻，什么都不记得了，考试的结果可想而知。妈妈大动肝火，大骂她不争气，甚至还

叫她滚出家门，不要再回来。

　　一气之下，她抄起小提琴走出了家门，不知不觉地又来到小河边，来到垂柳旁。她默默注视着小河，静静地望着东去的流水，妈妈那怒不可遏的面孔时而在她脑海中闪现，她不明白自己为什么那么无能。她情不自禁地拉起了那首曲子，依旧是在考场上拉的那首曲子——《蓝色多瑙河》，那么全神贯注，所有的情感都倾注于双手。一曲终了，泪便无声无息地滑落下来。

　　忽然，她听见有人鼓掌，循声望去，只见柳树旁不知什么时候来了一位两鬓斑白、面容和蔼的老人。她有点惊诧，因为已经很久没人给她掌声、给她鼓励了。她张了张嘴想说句感谢的话，可最终什么也没说出来。正在这时，老人笑容可掬地递过一张纸条，便又笑着走远了。她愣了愣，双手颤颤地打开纸条，一行苍劲有力的字赫然入目："孩子，我听你的琴声很久了。你拉得不错，继续努力吧！"

　　爱，有许多种。人类的血缘之爱是上天赋予的。陌路人的爱没有血缘性，却体现了人对同类的关心，和人类这一个大家族的亲密和温暖。这是一种博爱，一种比血缘感情更深刻的东西。

● 爱的书签 ●

　　在她最消沉的时候，来自一位陌生老人的鼓励一定让她感受到了充满感激的，最具动力的力量。

　　在人生低谷时，能够获得一份意外的肯定，是一和幸运，更是一种幸福。珍惜身边的每一个陌生人，也许他们就是那个在角落里关注我们成长的人。

活动室

妈妈常常说，不要与陌生人讲话。你是不是认为陌生人都是坏人呢？你有和陌生人说话的经历吗？你觉得他们是怎样的陌生人？你觉得应不应该和陌生人说话呢？写出你最真实的感受吧！

感恩
生活

大米饭小米饭 ●

　　生活是什么？我们苦苦追寻。从平淡中寻找温暖，从失败中寻找成长，从失意中寻找真诚……也许生活就是这个寻寻觅觅的过程。我们在生活里搜寻到了太多的感动。当我们用最真挚的双手把它们怀抱胸前时，才发现：自己是世界上最富有的人。所以，我们真该认认真真地生活。怀着感恩的心来品味所有，才是真正会生活的人。

别样的除夕夜

文/佚名

当教学楼的楼道中只有一个人的脚步声在回荡时，守候学校的我，真正体会到了生活的另一面……

　　除夕午夜的钟声，敲开了我内心深处尘封已久记忆的闸门，任思绪如潮水般奔涌而出。啊！那是一个怎样难忘的除夕夜呀。

　　二十三年前的那个寒假，为了减轻家里的经济负担，我主动向所在的中专学校递交了申请，经学校批准，留下来护校。带我值班的是一个五十多岁的老门卫。平日里，我们轮班，值一个白班再值一个夜班，倒也相安而过。等到除夕那天下午，"师傅"将我叫到跟前，一脸严肃地对我说："小郑啊，今天晚上我回家过年，晚上的班你替我值吧。记住啊，越是过节时越要勤快警惕，不能出任何问题呀。"

　　"师傅"走了，偌大一个校园，就剩下我一个人。

　　校园是被节日遗忘的角落，整个校园空空荡荡冷冷清清，往日嬉戏喧闹的场景早已荡然无存，和外边浓烈热闹的气氛比起来显得是那样的不和谐。当华灯初上，鞭炮声此起彼伏地响起时，我寂寞、孤独、恐惧、悲凉的除夕之夜的心灵之旅便起步了。

　　八十年代，学校的警卫室寒酸简陋，除了两张办公桌、两把椅子外，再就是横在墙边的两个长条椅了，床是绝对不会有的，能打发时光的仅仅是几张过了时的旧报纸。入夜，我将学校的大门、小

门锁好，拽把椅子坐在小煤炉前，无可奈何地翻看着已经翻看多遍的旧报纸，百无聊赖地消磨着除夕夜的时光。

除夕的夜晚依旧寒冷，屋内小煤炉散发出来的热度已远远抵挡不住窗外袭来的阵阵寒气，我是烤热了前胸凉后背，烤热了后背又凉了前胸。窗外，鞭炮声早已响彻了夜空，递次升起的烟花不时点缀其间，争相绽放出五光十色的花瓣，多么热闹温馨的夜呀。或许，一个个家庭正围坐在一起看电视、吃饺子、唠家常……肯定是其乐融融，欢声笑语。此时，我仿佛也置身其中，陶醉在亲人团聚带来的巨大幸福里。很快，又一阵寒气袭来，吹散了我短暂而美好的梦想，我使劲地裹了裹身上唯一一件用来御寒的半大棉衣，努力收拾起零零碎碎的记忆残片，聊以抚慰孤独而凄凉的心。夜依然的寒冷漫长，我开始有些怨恨起来，怨恨这夜的寒冷，怨恨这夜的漫长。

好不容易熬到了午夜时分，第一次巡查接着又开始了。

多么熟悉的校园，又是多么熟悉的小路啊。此刻，迎着瑟瑟的寒风，伴着深深的夜色，当我再次踏上这条曾经无数次走过的小路。一股莫名的恐惧感占据了我的心里，我紧紧握着手中一米来长的木棍，加快了前行的脚步，走几步，就不由自主地左右回头看看，生怕后边有人跟来。进得楼里，巨大的恐惧感立即充斥了我的大脑，全身的汗毛仿佛都竖了起来，我能清楚地听到自己不均匀的

呼吸和怦怦的心跳。楼里出奇的静，我行走的脚步声在楼里久久地回荡，令人毛骨悚然，更加剧了我的恐惧。此时的我，加重了自己的脚步，故意弄出更大的声响，似乎在传递着一个信息，如果楼里有偷鸡摸狗之徒，听到声音赶紧躲藏起来，千万不要让我碰到啊。

我一边走，一边在心里不停地祈祷，祈祷上帝赐给我足够的胆量和勇气，可是，无论怎样祈祷，最终还是恐惧战胜了一切。由于责任的驱使，即使再害怕，过程总是要走的，而且还要一丝不苟地走。从一楼到四楼，又从四楼返回一楼，巡遍了楼房的每一个角落。前行的每一步依然是那么艰难，返回的脚步却是那样的匆忙和慌乱，时间啊，在这一刻仿佛静止了一般。好不容易查完了教学楼，还有宿舍楼、实验楼、办公楼、食堂礼堂，一段恐惧刚刚结束，另一段恐惧又将开始。

整个一轮巡查下来，足足得一个多小时，回到屋里，早已是疲惫不堪。可是，可怕的心路历程的考验还远没有结束，接下来面对的仍然是寒冷、困倦、孤独和寂寞，新一轮的巡查不久还会进行……

二十多年过去了，这段别样的除夕夜经历深深地铭刻在我的脑海里，我将她视为上帝送给我的最特殊的礼物小心翼翼地珍藏起来，并一直做为前行中的支撑和动力，迎着困难和挑战，自信、坚强、勇敢地走好人生路上的每一步。

● **爱的书签** ●······················

经历就是财富，在生活中，各种挫折与困苦都是难得的机遇，没有经历过苦难的人，不会懂得品尝幸福的滋味，没有享受过爱的人，也不会懂得珍惜与感恩。

大米饭小米饭

文/惠晓晖

一个孩子，用一碗没有舍得吃的大米饭，诉说了自己关于爱的故事。

我小的时候，家里很穷。

父亲哥儿两个。我6岁那年，老叔结婚，父亲被迫搬出去住，连房子都是借的。穷人的天空都是灰白的，带着一丝腐烂的气息。我记忆中琅缩的炕头，昏暗的油灯……它们在我脑海中深深地扎根。

我的曾祖母那时还在世，分家那会儿，她正赶上身染重病。她的下巴鼓鼓地伸在脸的外边，脖子异样地粗大，后来我才知道那是缺碘引起的。她很喜欢我的母亲，一直和我们在一起，母亲精心地伺候她，家里惟一的营养品是那两只老母鸡下的蛋……

母亲后来常说，如果有现在一半的条件，曾祖母就不会去世那么快了。

我喜欢在老母鸡的咯咯叫声后把还热乎着的鸡蛋捡回来递给母

亲，而母亲却总怪我，说小孩子的手没准儿，怕把鸡蛋弄打了。她接鸡蛋的时候总是小心翼翼，像教徒那样虔诚。

细粮在那时是很奢侈的东西，一日三餐都是大饼子、玉米粥和小米饭。为了曾祖母的病，父亲借来了一升大米。每天早上，母亲蒸一碗白花花的略稠的大米饭，然后一口口给曾祖母喂下。

孝敬的定义就是留给曾祖母好吃的东西，那时的我常这样想。母亲那个时候有一张愁苦的脸，那是在看我大口大口地吃硌牙的玉米粥的时候。

一天有个亲戚来串门，家里并没有因为来了客人而多做一个鸡蛋，父亲只能搓着手叹叹气。那天做的是小米饭，但曾祖母的那碗大米饭依然没变。早上，曾祖母身体不舒服，没有起来吃饭。因为学校离家有一段路程，所以我每天都带饭上学。那天是那个亲戚给我装的饭，装好后，母亲叮嘱了几句，我就背着书包走了。

天气晴朗得可爱。

中午的时候，饥饿席卷了我的全身。饭盒还透着热气，我打开饭盒，一下愣住了……饭盒里竟然是白花花的大米饭！

我并不晓得那个亲戚是有意还是无意的，简单的思维使我想不到那么多。这是曾祖母的饭，我不能吃。我也知道，那些大米借得不易。面前的大米饭在我的眼里一点点变大，我的口水不经允许就分泌出许多许多。周围的说话声、打闹声一会儿模糊一会儿清晰。我悄悄地环视了一下四周……没人注意我，于是，我盖上了饭盒，站起来擦了擦嘴，我似乎已经吃饱了。

整个下午，我在极度饥饿中度过。几次我有打开饭盒的冲动，毕竟那时我是个孩子。老师的话，窗外的阳光，统统变成了那盒大米饭，一遍遍地诱惑冲击着我，我有些不知所措。

好不容易挨到了放学，我的腿好像灌了铅一样沉重，书包里那盒饭压得我喘不过气来。走进家门的时候，母亲正在烧火，火光映红了母亲的脸。

我走到母亲面前，从书包里拿出那盒饭，递给她。那一刻，我嘴一撇，想要哭。母亲接过饭盒——她感受到了饭盒的份量，不解地看着我。

我告诉母亲，早上饭装错了，曾祖母的饭，我没有吃。

母亲打开饭盒，是一盒动都没动的大米饭。

母亲直直地盯着我，黯然的眼神中有一种沧桑和无奈。过了一会儿，她突然抱紧我，大滴大滴的泪珠滴在我的脖子上。

我任由母亲在我的肩头哭泣。黄昏的阳光斜斜地射进来，整个屋子变成了一种惨淡的红色。

那一瞬间，我忽然觉得自己长大了。我感觉到母亲作为女人的脆弱，感觉到自己终于可以承受母亲的眼泪了。我用稚嫩的手擦着母亲的眼泪。不一会儿，我终于也吓得哭了起来，"妈，你别哭，我长大了挣钱养活你……"

我想我那时能说的只有这些。

后来，我知道那个亲戚为什么会装错饭了。原来他以为和别人家一样，好的要留给小孩子吃。

一天放学，我看见很多人在我家，曾祖母去世了。我和大人们一样跪在灵柩前，母亲哭得很伤心。

我清楚地记得，那天晚上，我梦见了曾祖母，手里端着一碗白花花的大米饭。

● 爱的书签 ●· ·

在那个贫困的年代，一碗白花花的大米饭，便是全部的幸福。而这份幸福，全家人都奉送给了曾祖母，这不为其他，只是一种自然而发的孝顺。而在这个家里，像孝顺一样自然的是，一个孩子抵制不住那份幸福的诱惑，带走了一碗大米饭，但是整整一天，他没舍得吃，他拿了回来。这就是一个孩子，用自己的爱，在丰富着这个家，丰富着孝顺，丰富着幸福。

 温暖

文/马德

一个同样困苦的人，用他的体温，送来属于贫穷的温暖。

橡皮是一个在偏僻山村长大的孤儿，大学毕业后，成了某报的记者。橡皮一直有一个想法，就是想找到当初资助他上学的那个人，为此他费了不少周折。他所在的报纸还专门为他开辟了一个"寻亲"的栏目，引起了许多读者的关注。

这个栏目在报纸上断断续续持续了一年多，橡皮写了许多篇寻访的文章。他四处打探，退休的职工、高校的老师、工厂的师傅、企业家，甚至是下岗的工人，凡是捐助过失学孩子的人，橡皮几乎都去拜访过了，但都不是曾经资助过他的那个。十多年了，人世沧桑，是不是那个曾经资助过自己的人已经离开了这座城市，橡皮在心中一遍遍地追问着自己。

苍天有眼，就在橡皮将要放弃这次寻访之旅的时候，在这座城市的郊外，他找到了他要找的人。这是一个胡子拉碴的中年男人，一家三口住在几间破败的屋子里，以蹬人力三轮为生。

交谈中，橡皮才知道，中年男人并不是本地人，16岁的那年夏天，一场山洪，毁了他的家，也让他的父母遇难。之后，孤苦无依的他，一个人从遥远的乡下流落到这座城市。他拾过垃圾，卖过菜，当过搬运工，干过门卫，现在成了家，但一家人过得依旧辛苦。

橡皮问："那些年，您过得那么苦，为什么还要想着帮我呢？"

　　"因为我缺少温暖，所以才想给你温暖。"男人望着橡皮，一字一句地说。

　　"家破人亡的那一年，我遭到了许多冷遇，没有感受过笑脸，没有得到过帮助，人人都躲着我。我像一只被抛弃的虫子，孤苦伶仃地活着。那时候，我多想得到温暖啊，哪怕是火柴头大的一点。可是，没有人伸出手来……"

　　"有一天，我在一张破报纸上看到你的消息，那一刻，我决定帮你，因为我不想让你和我一样，活得这么凄冷，我要用我的体温，让你感受到这个世界原本的温暖……"

　　《一颗伟大的心灵》是橡皮"寻亲"专栏上的最后一篇文章。文章的最后，橡皮写道：这个好人终于找到了，他给我的，也许早已幻化成了一种精神，一种信仰。一个念头已经深深地烙在我的心头——一个人，无论身陷怎样的困境都要坚信：这个世界，总有不期而遇的温暖，总有生生不灭的希望。

● 爱的书签 ● ···

爱的最高境界是什么？就是当自己失去温暖之后，希望通过自己的帮助，让其他人不再失去温暖。世界本就是温暖的，不要吝啬自己的温度，轻轻地走上前，把你的体温传递给他，在你传递温暖的同时，你也能感受得到对方回传给你的温暖。

杏花开，燕子来

文/席星荃

只要我们不去熄灭那盏指引前路的灯，生活就一直充满希望。

公元1959年的冬天，家里让我辍学了。

为了剜野菜。

我知道父母心里很难受。我的成绩不错，有一回有人拿几个很难猜的字谜考我，被我一一猜中，很是引起村人的惊奇。又一回，大队会计在小学草房外捡到我的一张作文纸，读后大加赞赏。这样，我这个二年级小学生就出了名，成了村里最有希望的孩子。

谁曾想，遇到了大饥荒呢？

每顿都是野菜汤，只在锅里撒几粒米星儿。黑汤又苦又涩，但人已经不再有味觉，机械地往口里填，直填到肚子鼓起来为止。那是一些黑暗而沉寂的夜晚，村子里听不到孩子们的笑闹声。

不久，男人们便得了浮肿病，脸肿得像土盆，透亮的黄，仿佛一碰就要流水，男人一浮肿就离死亡不远了。后来，得了浮肿病的男人被叫到公社的诊所里，啥药不给吃，就喝几顿稀粥，人就消肿，然后再回家吃野菜树皮糠粑粑。

我每天都在跟自己的孱弱搏斗。剜野菜需不停地行走，可是我没有力气，常常跪在地上，用膝盖往前挪。遇到田埂，就挂着镰刀半爬半跪地翻过去。但是，我竟然没想过不坚持下去。从早晨到夕暮，从月头到月尾，从10月到旧历年，到了春天，我一直都在田野里缓慢地移动脚步，像一个疲惫的灵魂，像一个飘忽的影子，竟然一天也没有退却。我想，当时我是一个多么听话、多么懂事、多么努力的孩子啊！

那年我9岁，瘦弱又矮小，每天喝野菜汤，可我用钝了两把镰刀——谁说人是脆弱的呢？人会思想，而不是脆弱的苇草。不过那时我的大脑功能变得十分简单，那就是野菜，野菜，野菜！不再有儿童的顽皮和幻想——饥饿使一个儿童成为一架力求维持最低生存可能的机器，还说什么读书识字？

好在还有美丽的大自然。每天我都行走在大自然的深处，冬天旷野上的落雪，宁静优雅地飘坠；春天烂漫的野花，点染沟畔溪头；天上白云无言，却悠然会心；草丛里藏着斑斓的野鸟，水沟里依然有快乐的小鱼……这一切足以使一个饥饿的儿童暂开心颜——尽管他失去了热爱的书本……

然而有了那一个冬夜。

我通常早睡，但那个晚上我来到了下房的二奶奶家，二奶奶的独生子上三年级，没有辍学。课文里有两个生字他认不得，就叫我过去帮他。于是我的命运里有了读到两篇新课文的幸运。一篇叫《千人糕的故事》，讲一个老爷爷给孙子讲述馒头从播种、生长、收割到磨面、制作的全过程，要经过千百人的手，所以叫它"千人

糕"，教育孙子要珍惜粮食。我早已忘记了世上还有"馒头"一物，眼睛一接触这个词儿，强烈的食欲就扑上来，无法自制，仿佛要坠入可怕的深渊。

然而我很快获得了拯救，救我的是另一篇课文。它描绘了春风里燕子翩然归来的美丽景色，还有一幅优美简洁的插图。在屋檐下有一只飞舞的燕子，一二枝盛开的杏花。黑色的燕子，粉红的杏花，似有春风拂动，花香微沁；再读读那简简单单的课文："春天到了，杏花开了，燕子飞来……"生活的美丽，人生的希望，在封闭了许久之后，一下子在我眼前打开，闪现着明丽的光辉。我激动起来，话也不说了，只在油灯下发呆。呆了一气，迷迷糊糊回了家，爬上床，进入梦乡……

到了夏天，接上新粮，我回到学校，接着上小学三年级，功课很差。算术作业得一回鸭蛋那个姓李的男老师就拧一回我的耳朵，他的手很重，拧一回就火辣辣地疼半天。半年后李老师不拧我的耳朵了，再后来我考上了乡高小。

有很长一段时间我忘记了那个冬夜，但几十年后的一天我忽然记起了它，再次清楚地看见小叔家的油灯的光芒，觉得它有一种非同凡俗的光明，灯光底下，是一幅美丽的杏花燕子图，美好极了……

● **爱的书签** ●···

　　在苦难的生活状态下，人很容易丧失了对未来的希望，很容易丢掉自己的梦想，但是这个故事告诉我们，只要心中还残存着对光明的向往，一点灯火就可以让自己的希望再次呈现燎原之势。

一碗煎饺

文/周海亮

幸福很简单，简单饿就是可以放下馒头，去吃亲人送来的，热腾腾的煎饺。

　　市场的尽头有一个鞋摊。摊主是一位四十多岁的汉子，与人说话时，喜欢咧开嘴巴笑，一副憨厚老实的样子。附近居民多喜欢将鞋子送给他修，这让他的生意非常好。几乎每一次经过那里，我都会看到他在忙。他的手里拿着锉刀、胶刷或者锤子，嘴巴里咬着两枚铁钉，低着头，非常投入和敬业。他虎背熊腰，长着满脸络腮胡子，即使坐在那里，也像一座黝黑的铁塔。

　　早晨时将鞋子送给他修，他问急吗？我说不急，等晚上我过来取。可是上午接到一个要出差几天的通知，中午回家时，就顺便去了他的修鞋摊。男人好像刚要开始吃饭，他将一个铝皮饭盒抱在膝盖上，见了我，问，来取鞋子吗？我问他修了吗？他说不是说晚上才过来取吗？我告诉他我要出差十天半个月的才回家，现在顺便过来看看，如果还没修，我就等出差回来再取。男人说那得等多长时间啊……要不我现在就帮你修？我急忙说您先吃饭吧！吃完饭再修，不急的。

　　男人冲我笑笑，说，那我就先吃饭，鞋子小毛病，一会儿就能修好。他打开饭盒，我看到饭盒里面装着一个馒头和一个饺子。男人拿起馒头，又从旁边拿起暖壶往饭盒里倒水。他倒了大约半饭盒

水，用筷子将水饺捅碎，然后慢慢搅动着饭盒里的热水。

好像他正在冲一碗只有一个水饺的"水饺汤"。

怎么只有一个饺子？我不解地问他。

早晨贪睡了一会儿，没给自己准备午饭。男人说，饺子是昨天晚上吃剩下的，拿水泡泡，有点咸味就能把这个馒头吃下去。

说完，他喝一口"水饺汤"，咬下一口馒头。

能行吗？我咧咧嘴。

怎么不行？男人鼓着腮帮子说，填饱肚子就行。难不成还得七个碟子八个碗？

可是就一个饺子……

本来昨天晚上剩下一碗饺子，男人嘿嘿地笑着说，如果都带上，也够我的中午饭了。可是早晨时我想，还是给孩他娘留着吧。中午只她一个人在家，总喜欢糊弄饭，有时干脆饿着等我晚上回去一起吃。你说这怎么行呢？一碗饺子，她热一热，用不了五分钟。

她做什么？

和我一样，修鞋。男人说。怕我不懂，又补充道，她腿脚不灵便，做不了别的，我的生意很好，有些不太急取的鞋子就会留在家里给她修……她是跟我学的修鞋，不过她的手艺好像已经超过了师傅呢！男人有些自豪地说。

说话间，马路那边跑过来一个男孩，手里捧着一只大瓷碗。看到男孩我就笑了，如果将男孩放大几倍，脸上再贴上浓密的胡子，就活脱儿成了面前的男人。

果然，男孩管男人叫"爸爸"。

他把手里的大碗递给男人，说，妈给你煎的饺子。

她给我煎的饺子？男人一怔。

妈知道你中午爱糊弄饭，就把饺子煎了，让我带给你……

你今天没上学吗？怎么有时间给我送饭？

下午学校有几场篮球比赛，就放了半天假。所以我回家吃午饭……

你妈中午给你和她做饭了吗？

做了。

做的什么？

面条。男孩说，炸酱面。

男人嘿嘿地笑了。他怜爱地抚摸着小男孩的头顶，说，你想留在这里跟爸爸一起吃还是回家跟妈妈一起吃？

小男孩说，和妈都说好了，回去吃。

男人目送着小男孩一蹦一跳地过了马路，然后埋头吃起煎饺。他吃得很香、很快、很投入、很豪放。他吃下十几个煎饺，满足地抹抹嘴巴，抬头，见我盯着他看，又不好意思地嘿嘿笑起来。

那个下午我一直在想：这样的家庭，注定是清贫的；这样的家庭，又注定是幸福的。

爱的书签

男人的生活简单，他的饭盒里只装了一个馒头和一个饺子，即使这样，他也觉得足够了；而亲人热腾腾的煎饺，让我们仿佛看到了一个爱着丈夫、疼着丈夫的妻子和一个活泼可爱的孩子，男人的生活，正是因此而幸福，这就是最简单的、属于生活本身的幸福。

没错，生活就是柴米油盐，但这柴米油盐烹调出的，就是幸福的滋味。

活动室

现在非常流行在网络上种菜、养鸡，耕耘收获，有时还偷偷地到别人家的菜园里顺手牵羊地偷一点儿。很多人通过网络来感受田园生活，真正的田园生活是什么样的，你知道吗？亲身体验一下吧，然后写出你最真实的感受。

_____

_____

_____

_____

_____